AUSCHWITZ
CITTÀ
TRANQUILLA

〔意〕普里莫·莱维 著

奥斯维辛
寂静的城市

〔意〕法比奥·莱维 〔意〕多梅尼科·斯卡帕 编 陈英 孙璐瑶 译

PRIMO LEVI

人民文学出版社
PEOPLE'S LITERATURE PUBLISHING HOUSE

著作权合同登记号　图字 01-2023-0605

Auschwitz, città tranquilla
────────────
by Primo Levi
ⓒ 2021 Giulio Einaudi editore s.p.a., Torino

图书在版编目(CIP)数据

奥斯维辛:寂静的城市/(意)普里莫·莱维著;
(意)法比奥·莱维,(意)多梅尼科·斯卡帕编;陈英,
孙璐瑶译.—北京:人民文学出版社,2023(2024.1重印)
(普里莫·莱维作品系列)
ISBN 978-7-02-018018-9

Ⅰ.①奥… Ⅱ.①普…②法…③多…④陈…⑤孙
… Ⅲ.①文学—作品综合集—意大利—现代 Ⅳ.
①I546.15

中国国家版本馆 CIP 数据核字(2023)第 097420 号

责任编辑　朱卫净　潘爱娟　邰莉莉
封面设计　李苗苗

出版发行　人民文学出版社
社　　址　北京市朝内大街 166 号
邮　　编　100705

印　　刷　上海盛通时代印刷有限公司
经　　销　全国新华书店等

字　　数　104 千字
开　　本　889 毫米×1194 毫米　1/32
印　　张　4.875
版　　次　2023 年 7 月北京第 1 版
印　　次　2024 年 1 月第 2 次印刷

书　　号　978-7-02-018018-9
定　　价　39.00 元

如有印装质量问题,请与本社图书销售中心调换。电话:010-65233595

普里莫·莱维国际研究中心的宗旨是服务于这位都灵作家在世界各地的读者和研究者。该研究中心位于都灵——莱维曾经生活的城市。中心收集了莱维不同时期各种版本的作品、四十余种语言的译本、作品评论、世界各地对莱维的介绍，还有作品的接受情况，以及各种形式的评论。此外，中心也为世界各地进行和莱维相关研究的学者提供支持，每年举办"对话普里莫·莱维"活动，让作家最关注的主题走进当今世界的讨论。

普里莫·莱维国际研究中心成立于2008年，由皮埃蒙特大区政府、都灵市政府、都灵大学、都灵犹太人社区、普里莫·莱维中心之友协会、普里莫·莱维的子女联合运营。

目录

引　言

　　奥斯维辛集中营的幸存者，很多都有一种冲动，他们迫不及待想要讲述自己的经历。但也有些人，比如普里莫·莱维，他讲述的渴望尤为强烈，又不得不克服写作的困难：写出在奥斯维辛的经历，是为了让自己解脱，为了提供见证，但也意味着重温那段痛苦的回忆。

　　短篇集《奥斯维辛：寂静的城市》(*Auschwitz，città tranquilla*)，开篇的诗歌——《棕色的队列》，就体现了这种写作的困难。莱维当时在都灵，他是土生土长的都灵人，除了那段"非自愿的中断①"外，他一直居住在这里。他富有洞察力的目光，投向了一个细微的场景，那就像他的朋友卡尔维诺在《看不见的城市》中描写的情景：蚁群正在繁荣的城市里建造它们的城市。莱维看到它们排成长长的队列，沿着电车轨道行进，电车很快就会开过来，蚂蚁的队列应该不止一条，因为它们来来往往，相遇时会彼此触碰一下头和触角。但莱维选择用单数，用"一支棕色的队列"来描述这些蚁群。这情景让他想起了但丁在《神曲·炼狱篇》第二十六章中描绘的一个画面：纵欲者的灵魂被一圈烈火围绕，他们排成长

———

① 指被流放到集中营。集中营解放后，莱维经过漫长的旅途，最后才回到都灵。

队，在火中行走，以这种方式赎罪，让他们十分欣慰。那些灵魂每次相遇，都会匆匆问候。但丁以纵观全局的视角，描绘了这一情景，并把他们与蚁群进行类比："犹如蚂蚁在它们的褐色队伍中这个同那个碰头，或许为了探寻它们的路和它们的运气一样。①"

如果说炼狱中的灵魂是走向救赎，那么铁轨上的蚂蚁正排着队走向死亡，观察者在高处看得一清二楚。莱维不由自主想起的，不仅是《神曲》中的诗句，他还想到了另一个情景。这情景并非出自文学典故，而是来自现实：在集中营黯淡的黎明里，囚犯排成队向前行走。诗句写到这里，莱维没有再写下去，意象也发生了断裂，好像一句话还没说完，就另起了一行："我不愿描述这些 / 我不愿描述这条队列 / 我不愿描述任何棕色的队列。"

《棕色的队列》这首诗创作于 1980 年夏，几个月前，也就是这一年的 3 月，莱维完成了《灰色地带》的初稿。这可能是他最后一本书《被淹没和被拯救的》(*I sommersi e i salvati*) 中写起来最艰难的一章，时隔四十年，这是莱维对奥斯维辛的质问。和之前一样，这次他需要克服写作的困难，同时也付出了痛苦的代价：《棕色的队列》最后几行诗句，通过无声的呐喊，展露出这种痛苦，与诗句忽然的中断相对应。

《奥斯维辛：寂静的城市》——这本选集的成形，是基于这样一个事实：普里莫·莱维首先是奥斯维辛集中营的受害

①　引自《神曲》，但丁著，田德望译，人民文学出版社，2015 年。

者、见证者，他在奥斯维辛集中营度过了十一个月，除了是受害者，也是集中营的观察者。他的精神日复一日遭遇苦难，但他能够抽身而出，像旁观者一样清醒，一直保持观察和质疑的能力，他试图了解那个地方的运作机制，了解狱吏、狱吏同伙、受害者的行为。

普里莫·莱维一直在讲述集中营的故事，在讲述的同时，也一直在探究发生的事情。对于他的写作来说，1958 年是一个重要节点，在这一年，埃依瑙迪出版社出版了《这是不是个人》(*Se questo è un uomo*) 的最终版本。就在那时，莱维明白，对奥斯维辛的讲述还没有结束，他也明白，从那时起，在某种程度上他要从头开始。仅仅过了一年，他就写出了《卡帕纽斯》，也就是这本选集的第一篇。

我们收录在此的《卡帕纽斯》是第一次发表的版本。因为莱维在 1978 年修改了这篇文章，1981 年，修改后的新版本收入了短篇集《莉莉丝与其他故事》(*Lilìt e altri racconti*)。而《卡帕纽斯》的最初版本于 1959 年 11 月在佛罗伦萨月刊《桥梁》上首次发表后，就没有再版过。这份杂志在十二年前，即 1947 年夏天，曾刊登过《这是不是个人》中最阴暗、压抑的一章《1944 年 10 月》，讲述的是筛选"囚犯"、将他们送进毒气室的过程。因此《桥梁》的读者在很早之前就已经读到了那篇让人难忘的文章，后来《这是不是个人》才由意大利知名的埃依瑙迪出版社出版。莱维再次开始讲述奥斯维辛，这是他以第一人称开头的几行文字："我嘛，你们都认识。虽然那时我和现在的样子大不相同。之前在集中营的时候，我身上穿着破破烂烂的条纹衣裳，胡子刮得比平日里还要糟糕，头发也剃光了；但外表无关紧要，根本的东西并没有改变。"

这本书选录了1959年版的《卡帕纽斯》，因为这是《这是不是个人》之后，莱维再次讲述"那时候、那地方"的事。他用挑衅的语气，以一个"被拯救者"的口吻来讲述这个故事。他承担起传递记忆的任务，既包括维达尔这样卑贱的"被淹没者"，也包含拉伯波特这样不肯屈服的"被淹没者"。他的语言很直接，带着讽刺，甚至是轻蔑（首先，他讲述自己时是如此，讲述维达尔这个人物时也一样。只是在最终版本里，维达尔的名字变成了瓦莱里奥）。这篇文章开头使用的语气在莱维的其他作品中很少见。《卡帕纽斯》中引用了很多文学作品，包括直接、间接、暗含的引用：拉伯雷、史诗《尼伯龙根之歌》、维庸（"在我疯狂的青年时代"）、帕韦塞（"写完了一些东西，你觉得自己像一把射光了子弹的枪"，出自帕韦塞1946年6月27日的日记），但最主要的引用出现在这篇文章的标题——《卡帕纽斯》中：莱维期待读者记得卡帕纽斯这一人物，他出现在《神曲·地狱篇》第十四章，卡帕纽斯用高雅而枉然的话语宣泄怒火，辱骂天神。

在《这是不是个人》中，到处都有《神曲》的痕迹。这部经典至关重要，其影响并不仅限于书中《尤利西斯》这一章，关于《神曲》的内容是莱维讲给集中营的一个同伴听的，他努力回忆在学校学过的内容，把《地狱篇》第二十六章的古意大利语文本翻译成现代法语讲给同伴听。按照我们的这本选集的排列次序，前三篇都涉及了但丁的作品，甚至连标题都与《神曲》有关，《天使蝴蝶》这一标题就来自《炼狱篇》第十章："你们没有意识到我们是幼虫，生下来是要成为天使般的蝴蝶，毫无防护地飞去受审判的吗？"①

　　莱维的作品经常引用但丁，超出了我们的想象，他的引用不仅限于《地狱篇》的内容。的确，到处都能看到但丁的痕迹，但这本书与《这是不是个人》中提到但丁的方式不同。因为开篇诗歌，还有前两个短篇，经过了记忆的沉淀，莱维对但丁的引用更深思熟虑，他这时不再是一位初次尝试写作的集中营见证者，而是试图借用但丁的范例，找到一种能够描述奥斯维辛的语言、语气、词汇。显然，在《这是不是个人》之后，莱维是作为一位当代大作家引用但丁，目的是为了创作出精致、复杂的作品。《棕色的队列》《卡帕纽斯》《天使蝴蝶》有一个共同的目的，就是描绘、讲述、追问奥斯维辛，但时过境迁，作者采用了不同的语言风格。

　　这本选集包括十个短篇，开头和结尾各有一首诗歌，创作时间跨越三十年，涉及多种文学体裁。《奥斯维辛：寂静的城市》是一位专业作家的作品，也许在很长时间里，莱维自己也很难承认这一点：他是一位不折不扣的作家，同时也是一位见证者。直到今天，说普里莫·莱维是位作家，依然不是一个确凿的定论，尤其是，他的很多作品依然不为众多读者所知。这本选集中的十个短篇可以展现出：莱维如何运用不同的方式来讲述奥斯维辛，同时也涉及其他很多体验；或者情况正好相反，莱维构思出了一些奇幻的情景，通过其他故事影射出集中营的情况。虽然莱维必须抵抗这段记忆的

①　引自《神曲》，田德望译，人民文学出版社，2015年。

侵袭，但奥斯维辛的经历，会不由自主地浮现在他的脑海里（见《棕色的队列》），这段记忆还是会不断放大，一直蔓延到他所写的虚构故事中。从这些故事中，我们可以直接看出当时的记忆，或是隐约看到与奥斯维辛有关的内容，在不同时代、不同背景中闪现。

在《卡帕纽斯》中，莱维出现在舞台的最前面，他用寥寥数语进行自我介绍，一下就抓住了我们的注意力。如果说《卡帕纽斯》是在离开奥斯维辛十五年后讲述的故事，那么接下来的三篇虚构的故事，就像是奥斯维辛脱离了本来的位置，寂静无声、若无其事地出现在其他地方，像气体一样在空间中弥漫，在时间里延续了下来。

《天使蝴蝶》《冰箱里的睡美人》《反向胺》选自作者1966年出版的一本短篇集。这本选集题为《自然故事》(*Storie naturali*)，标题透露出苦涩和讽刺。当时埃依瑙迪出版社建议莱维用笔名出版，因为这本选集与他前两本书反差过大（"前两本书"指《这是不是个人》对"地狱之旅"的讲述，还有1963年出版的《休战》，描写了莱维从集中营回到都灵，漫长而艰难的经历）。莱维虽然不完全赞同这一点，但还是遵从出版社的建议，出版《自然故事》时，用了"达米阿诺·马拉拜拉"(Damiano Malabaila)这个笔名。埃依瑙迪出版社灵机一动，给这本书配了一个明黄色的腰封，上面只有几个字："科幻小说？"

实际上，虽然《自然故事》中收集的十五个短篇，大部分可以定义为生化科幻小说，或是技术科幻小说，但并不能说它们是传统意义上的科幻小说。一个很明显的原因就是，只有《冰箱里的睡美人》中的故事发生在遥远的未来。无论如何，在这个故事中，虽然时间很遥远，地点却离我们很近，且具有象征意义。《冰箱里的睡美人》是一个剧本，故事发生在"柏林，2115 年"。《自然故事》的三个短篇，组成了一个真正的"德国系列"，就像《冰箱里的睡美人》一样，《天使蝴蝶》的故事也发生在柏林，但时间上是世界大战刚刚结束，第三帝国曾经的首都分成了几个区域，由四方指挥部管理，而《反向胺》的故事发生在维也纳（我们可以看到，文中提到了先令 ① ）。

在这篇引言里，如果长篇大论谈论这几篇小说，显然有点儿不合时宜，此处只是想点明主题。在《冰箱里的睡美人》中，人被彻底物化，那位被物化的女人开始态度暧昧，似乎默认这种处境：帕特丽霞是位年轻女性，在一个有教养的资产阶级环境里，她很快沦为满足他人性欲的工具、一个被争夺的对象。《天使蝴蝶》是一个欲言又止的故事，揭露了在第三帝国走向灾难的最后时期，曾经有过改造人类的尝试，试图把"智人"转变成一种新物种、一种超级生物。最后《反向胺》里描写了一类化学药剂，它能够颠倒人的感觉，把生理上的痛苦、道德上的堕落转化为愉快的感受，小说还揭示了这种转化带来的具体后果。《反向胺》写于 1965 年，虽然"反向胺"这种物质是虚构出来的，但这是莱维以化学物质命名的第一篇作品。

在短篇集《自然故事》的卷首语中，莱维引用了拉伯雷

---

① 奥地利当时的货币单位。

的话，说这些故事写的是"奇特、反自然的东西"①，这一特点在"德国系列"的三个故事中尤为明显。莱维进行构思，以科幻的形式对这些主题进行加工，但没有完全脱离我们生活的这个世界。他揭示了纳粹对人类犯下的三大罪行：物化人类，把种族主义作为意识形态的基石和参照，试图控制人类灵魂最深层的东西。所有这些都通过科学、工业的手段进行精准实验，人类沦为物品，根据种族不同，分为统治者和奴隶。最终人的处境被彻底颠倒，外表面目全非，精神世界也被搅乱。

这本书的标题源于短篇小说《奥斯维辛：寂静的城市》，同样也属于"德国系列"，这是一个自相矛盾、令人不安的标题。但其实也并不矛盾，因为它描述了一个制造大量痛苦的地方，这些痛苦没有任何作用，就像集中营产生的工业废料。狱吏无休止地制造痛苦，他们从来都不会满足，集中营的机制像病毒一样在传播，传染了整个世界。作为受害者、目击者、证人，莱维觉得他对集中营的描写、讲述、调查远远不够。尽管他的文字很清晰、准确、犀利，但无论如何，他说出来的都太少了，因为集中营里的痛苦太沉重了，超乎人们的想象。因此在接下来的多年时间里，莱维尝试通过不同角度，用更全面的方式展现奥斯维辛。

《元素周期表》出版于1975年，大部分内容是莱维的"化学自传"，其中有两个短篇与奥斯维辛相关：其中一篇（《铈》）

---

① 原文为法语。

和那段经历直接相关，另一篇（《钒》）则与之有间接关联。《元素周期表》包含的二十一个故事，只有《铈》发生在奥斯维辛，这本选集出版时，奥斯维辛的经历已经过去了三十年，普里莫·莱维感觉有必要介绍一下自己，或者更准确地说，介绍一下1944年秋天被关在集中营里的那个自己。与《卡帕纽斯》相比，《铈》的语言更平和，同时也更复杂，有更多的明暗变化，好像要暗示他和朋友阿尔贝托在夜里偷偷干的事情：他们成功了，但最终的结局却并不美好。关于铈，他们获得了想要的结果，但1945年1月，阿尔贝托跟其他囚犯一起，要撤离到德国的其他集中营，后来死在了路上。二十多年过去了，化学专家普里莫·莱维成了油漆厂的技术员，他通过商务信函中出现的独特拼写错误，找到了之前在集中营里认识的一个人。莱维曾经作为技术员，以奴隶的身份，在奥斯维辛化学实验室里工作。莱维找到了洛塔尔·穆勒博士，一个德国人，是"对方"的人——是当时实验室里他的上司。《钒》是莱维精心设计的故事，在十五页的篇幅中，就像在《这是不是个人》和《休战》中一样，莱维既是叙述者，也是故事中的人物，充分展现出了自己写作才能。他对穆勒简短的评价是："既非穷凶极恶，也非英雄，典型的灰色地带的人。"

我们都知道，《钒》是基于真实的故事写就的，洛塔尔·穆勒的真名是费迪南·梅耶，他通过海蒂·施密特-马斯与莱维开始了书信往来。海蒂·施密特-马斯就是《被淹没和被拯救的》的第八章——最后一章《德国人的来信》中出现的"海蒂·S.夫人"。在《这是不是个人》，还有《休战》的前几章，莱维严格依照现实中的事实为奥斯维辛作证，而写作《钒》时，他故意改变了一些细节，到 1975 年《元素周期表》出版时，这个始于集中营的故事已经延伸到三十年之后。他之所以这么做，有一点值得注意：在所有莱维已发表的作品中，《钒》首次提到了"灰色"的范畴，由此出发，他进一步深入思考这一问题，不久后把它定义为"灰色地带"。

在这个模糊的地带，充斥着各式各样的人物，他们处于受害者与穷凶极恶的狱吏之间。后来在《这是不是个人》中，莱维用《灰色地带》一章对这个地带进行描述和分析。《灰色地带》是全书篇幅最长的一章，也是有原因的。哈伊姆·卢特考斯基——罗兹犹太人区的长老的故事，最为淋漓尽致地勾画了这一地带。1977 年秋天，莱维写了《犹太人的王》，发表在《新闻报》上，他当时常为都灵的这份日报写文章。如果把《犹太人的王》与《被淹没和被拯救的》中对应的部分对照来看，会发现这个最初的版本语言更流畅，更口语化，没那么严肃，但内容却同样可怕，说明在历史、叙事、道德方面，莱维从未停止思考。

《被淹没和被拯救的》出版之后，莱维依然在继续思考这个问题。1986 年 7 月 27 日，在该书出版两个月后，莱维在《新闻报》上发表了《不可抗力》，这是他写的最神秘也最让人不安的故事。这则短篇小说不太为人所知，这里也不宜透露太多内容，可以预先说明的一点是：这是一篇带有实验性质的小说，从中可以辨认出奥斯维辛的逻辑、价值观，暗含它运作的方式。也可以这么说，《不可抗力》揭露了一种暴力，这种暴力具体、无情、机械而高效，它不冷不热、淡定自若，然而不可阻挡，它发生得无缘无故，毫无道理，但也不会浪费精力：它想得到一个特定的结果，最后也确实得到了。在另一方面，这种简洁干净的风格，也符合莱维的美学和道德原则。他在奥斯维辛当然见证过极为残忍的事件，但他把那些血腥事件排除在文字之外。这本书的故事都不包含那些血淋淋的元素。他更喜欢向我们展示一种力量，还有它发生作用的轨迹。某些人施加了这种力量，另外一些人在承受，这会带来不可磨灭的屈辱。

这本书的标题来自《奥斯维辛：寂静的城市》这个短篇，和《冰箱里的睡美人》一样，这个故事也属于"德国系列"，某种程度上来说，它也像是一部戏剧。在《钒》写到的事件之后，莱维又遇到了"对方阵营"一个搞化学的同行，这次相遇也源于莱维与德国人的书信往来。通过书信交流，还有一些共同认识的人组成的圈子，莱维耐心地收集那些故事的碎片，并把它们拼贴在一起，讲述了一个"多声部"的德国人的故事——中间夹杂着沉默和含糊其辞的声音，但最终还是描绘出一个残酷的现实，那就是奥斯维辛的轮廓。年轻的工程师 ① 莫滕斯搬到奥斯维辛工作生活，他想尽一切办法，让自己无视发生的所有事。

最后一篇文章《集中营的"侦探故事"》与《奥斯维辛：寂静的城市》在内容上是对称的。这本选集结束于两篇"多声部"故事，如果说前一篇是想尽一切办法驱散往事、抹除记忆、掩埋发生过的事，还有那些地方，那么，围绕着戈德

---

① 原文为德语，Oberingenieur。

鲍姆这个人物展开的后一篇故事，就是收集所有碎片，莱维把这些碎片和自己掌握的信息拼接在一起，让一个人的故事浮出水面。戈德鲍姆和阿尔贝托一样，是一个"被淹没者"，1945年1月，他在撤离集中营的途中死去。

《奥斯维辛：寂静的城市》这本书是叙事体，而不是随笔，它就像《被淹没和被拯救的》一样，从不同角度观察、讲述、分析纳粹集中营的方方面面。就像《被淹没和被拯救的》一样，这本书里提出了很多问题，但得到的答案却很少，历史学家安娜·布拉沃[①]将其评价为"标注问题的记号"。从这本书中，我们可以看到，莱维以作家和诗人的身份讲述奥斯维辛，并没有进行说教，也没有提供一套解决方案，让人可以投入使用。莱维向我们展现了他的态度，帮助我们观察、学习，尤其是有益于分析新出现的事物、新发生的事件。这些事情随着时间出现，它们是新的，也意味着是陌生的。他向我们具体展示了：如何看待那些我们还不认识的事物，他教我们如何考察它们。如果说莱维真的教给了我们什么，那么他教给我们的：不是找到结果，而是寻找的过程，让我们直视自己的无知和懒惰，教会我们如何更好地提问。

正是基于这一点，这本选集的第一篇文章《卡帕纽斯》，与全书最后的诗歌——写于1985年的《无辜死者之歌》彼此呼应。在《卡帕纽斯》中，莱维以一种很少使用的"被拯救者"的声音，向读者厉声呼喊，语气坚硬，好像扯着听众的耳朵，要求他们倾听。《卡帕纽斯》里保存了两个故事、两种

---

① 安娜·布拉沃（Anna Bravo，1938—2019），意大利历史学家，学者，都灵大学社会史教授。

完全相反的性格。甚至会让人想到，但丁笔下的卡帕纽斯可能真正对应的人是他——普里莫·莱维，而不是躲过了无数轰炸，高声嘲讽希特勒的拉伯波特。

　　读到《无辜死者之歌》时，读者可能脑中也会闪现这种矛盾的思想。在这首诗中，莱维想象着：世界上掌握大权的人聚到一起，把他们关进会议室，直到他们取得一致意见，同意永远停止战争、取消核武器。在这首诗里，莱维做了在《被淹没和被拯救的》中提到的一件不可能实现的事：用第一人称复数"我们"说话，让"被淹没者""无辜的死者"亲自发声。这种声音之前主要在《这是不是个人》的开篇诗歌中出现："你们在温馨的家里／无忧无虑地生活着"①，同时也是《卡帕纽斯》开头，莱维在向读者介绍自己时使用的沉重声音。

　　文集最后的诗歌《无辜死者之歌》中，有最后一处对但丁的引用，诗中的"布拉格协定"源于《地狱篇》二十一章的"卡波罗纳协定"②，对应了《被淹没和被拯救的》的结语：时至今日，"肆无忌惮的政治游戏"依然左右着世界的命运。1985年，作者笔下的"无辜死者"名单为这本选集画上了句号，但同时也是为我们，为这个时代打开一个文字的世界。这本书中的声音，会激起我们内心的波澜，因为它想讲的并不仅仅是过去的事，它告诉我们，不断提醒我们，这个世界一直在发生出乎我们预料的事。

　　　　法比奥·莱维、多梅尼科·斯卡帕

---

① 引自《这是不是个人》，普里莫·莱维著，沈萼梅译，人民文学出版社，2016年。
② 卡波罗纳是比萨境内的一座城堡，1289年8月被卢卡和佛罗伦萨军队围困，在敌方答应保证生命安全的情况下，守城者投降。

棕色的队列

还能选一条更荒谬的路线吗？
圣马蒂诺大街上有个蚁穴
电车轨道近在咫尺，
一条长长的蚂蚁的棕色队列，
在铁轨上展开
它们相遇时脸部相触
似乎在试探它们的前程和命运。
总之，这些愚蠢的姐妹
它们古怪、固执又勤劳
在我们的城市中挖掘它们的城市，
在电车轨道上开启它们的道路，
它们毫无顾忌，奔来跑去
不知疲倦，忙于它们细小的贸易
而没有留意
　　　我不愿描述这些，
我不愿描述这条队列，
我不愿描述任何棕色的队列。

1980 年 8 月 13 日

卡帕纽斯^①

---

① 古希腊神话传说人物，围攻忒拜城的七雄之一，夸口说连众神之父朱庇特都不能阻止他，被朱庇特用雷电击毙。在《神曲》地狱篇第十四章中，位于第七圈第三环，因蔑视上帝受火烧的刑罚，但依然骄傲狂妄。

我嘛，大家都认识，虽然那时我和现在的样子大不相同。之前在集中营的时候，我身上穿着破破烂烂的条纹衣裳，胡子刮得比平日里还要糟糕，头发也剃光了；但外表无关紧要，根本的东西并没有改变。

　　至于维达尔，我就要好好跟你们讲一讲了。他是个矮胖的男人，到了集中营里，他个头和从前一样，只是脸上松弛的褶皱，身上耷拉下来的皮肉，证明他曾经是个胖子。他是个来自比萨的犹太人，是和我同一批被带走的。

　　他不招人爱，也不招人恨。由于他矮小猥琐，从第一次见面起，就被排除在正常的交往范围之外。没错，他已经死了，其他人也都死了，为什么非要特别提到他呢？

　　我们一起在泥地里干了好几个星期的苦力。在那个处境恶劣的地方，大家随时都可能会摔倒，跌进湿滑的泥坑里。但每个人心中还保留着一丝作为人的高贵，我们想尽办法不让自己摔倒，或是将摔倒的后果降到最低（你们肯定注意过，猫能神奇地保持平衡，这赋予了它们不容争辩的优雅）。跌倒在地的人很不像样，看起来很可笑。至于为什么会这样，我也说不上来，但事情就是这样，而且一直如此，这大家都知道。

　　而现在，维达尔不停地跌进泥里，比任何人都要频繁——只要轻轻一撞，他就会跌倒，甚至连撞一下都用不着，有时显然他是故意跌进去的。只要有人说他几句，或假装打他，他矮小的身子就会扑向泥坑，好像那是母亲的怀抱。对他来说，保持直立就像踩高跷一样，违背自然，也充满危险，泥坑就是他的避难所。他成了个小泥人——从头到脚都是泥，泥成了他的保护色。他也知道这很可笑，痛苦留给他的一点清醒认知，让他明白自己很滑稽。

他很爱说话，简直滔滔不绝，总是讲自己如何遭遇不幸，如何跌倒，被打耳光，受人嘲笑，活像假面戏剧里的丑角"普钦奈拉"，丝毫不会考虑怎么挽回一点颜面，遮掩那些最不光彩的事情。相反，他会浓墨重彩，强调自己遭遇的最滑稽、最羞耻的事。从他讲述那些事时流露的精心，可以猜测，这是很久之前欢宴留下的习惯。

你们认识像他这样的人吗？很有可能认识。如果你们认识，你们就知道，这类人最喜欢阿谀奉承，也并不是出于什么具体的目的。如果我们俩在日常生活中相遇，不知道他会如何奉承我。在集中营的时候，我记得每天早上，他总要赞美我气色不错。我对他怀有同情吗？没错，我可能也同情他，虽然我比他好不到哪里去。但那时，同情没什么用，因为我什么也做不了，那就像落在沙滩上的雨滴，刚刚感知到就消散了，嘴里只留下空虚饥饿的滋味。

1944 年是维达尔生命的最后一年，这就是那年的他。要是我告诉你们，我和所有人一样，尽量避免和他接触，请你们不要吃惊。因为显而易见，他处于一种需要别人帮助的状态，在这些人面前，人们总是觉得受到了某种要挟，好像欠他们的一样。

那是 9 月里炎热的一天，泥潭上方响起了空袭警报。那警报声与意大利的不同，不是重复一个音调，而像在嗥叫（就是这样的声音，让我惊异的是，它的官方名称正是"嚎叫"），调子忽高忽低，就像野兽发出的长嗥，让人毛骨悚然，让我想到德国神话故事《尼伯龙根之歌》①，它与赫达的神兽、骷髅头表现出的恐怖气氛特别相称。我不知道是偶然，还是有意设计，抑或是无意识的作用，这声音对我来说，不只是一个信号——它还是战斗的口号，一种反抗、愤怒和吼叫，也是哀叹。我找到了一个秘密的藏身处，是条地下通道，那里堆着几捆空袋子。警报响了，我下到那里，发现维达尔已经在那里了。他说了好多话，欢迎我的到来，很客气很热情，但我却没有太多回应。紧接着，我要打个盹的时候，维达尔开始向我讲他的悲惨经历，我已经不记得他讲的什么了。

外面，警报声的悲鸣过去后，天空只剩下漠然的寂静：苍白而遥远，但充满威胁。忽然头顶响起一阵脚步声，我们看到楼梯顶上出现了一个高大的黑色身影，那是拉伯波特，他手里拎着一只桶。他像看到我们一样，喊了一声"意大利人！"，然后把那只桶扔下来。桶叮叮当当，沿着楼梯一路滚下。

桶里装过汤，但那时几乎是空的。我和维达尔用勺子认真刮着桶底，从里面舀到了几口剩汤。那些日子，我们日日夜夜总是随身带着一把勺子，以备不时之需，就像十字军战士的佩剑。这时，拉伯波特已经骄傲地走下楼梯，来到我们

_____
① 德国民间英雄史诗，中世纪德语文学中流传最广、影响最大的作品。

身边：他不需要别人施舍汤饭，但也别指望他送吃的给你。

拉伯波特那时应该有三十五岁，他是波兰人，在意大利念的大学，学的是医学，确切地说他是在比萨上的大学。这就能解释他为什么喜欢意大利人，以及他与维达尔——这个小个子比萨人的奇怪友谊。我说这友谊很奇怪，是因为拉伯波特精明强悍，善于保护自己，令人钦佩。他像偷猎者和海盗一样，狡猾又残暴，可以轻而易举把没用的文明教养全都抛在脑后。集中营里的他就像丛林里的老虎：对弱者任意欺凌，对强者回避躲让。他总是会见机行事：贿赂，打架斗殴，勒紧腰带忍饥挨饿，或是屈服，撒谎，他都能随机应变。

他不仅保持了自由生活时的充沛体力，还有一种强烈的享乐意愿和对知识的渴求。没错，这就是他的关键，正因为如此，虽然我觉得他是敌人，但和他在一起总是很愉快。

这时候，拉伯波特慢慢走下楼梯，当他走近时，我们能清楚看到之前桶里的东西都去哪儿了。他的一项专长就是：警报的嗥叫声一响起来，他就在混乱中冲进厨房，拿上战利品，在防空军队赶到之前逃跑（拉伯波特这么干了三次，每次都成功了。而第四次，整个警报期间，这个聪明的强盗一直乖乖待在自己的工作队里。戈尔德本想效仿他，却被当场抓住，第二天就被当众绞死，行刑场面颇为壮观）。"你们好呀，意大利人，"他说，"你好呀，比萨人。"然后就是一阵沉默。我们挨着躺在袋子上，直到外面再也没什么声响。没过多久，就像那时常发生的情况，维达尔和我进入了半睡半醒的状态，眼前充满幻象（并不需要躺下才能睡着，我记得有一次休息时，我站着就睡着了）；可拉伯波特没有睡，虽然也讨厌干活，但他是那种充满热血的人，闲不下来。他从口袋里掏出一把小刀在石头上磨，时不时往上面吐一口唾沫。但这还不够，才过一会儿，他就训斥起维达尔来，因为这时维达尔已经在打鼾了。

"醒醒，维达尔！你梦到什么了？奶酪饺子是吧？奶酪饺子和基安蒂葡萄酒，米勒街的食堂里六点五里拉就能买一份。还有牛排，真他妈的爽[1]——黑市的牛排，大到能装满盘子。"（拉伯波特的意大利语说得很好，但说脏话时，就会说波兰语；这没什么可惊奇的，因为波兰语的脏话十分丰富）。"还有玛格丽特……"说到这儿，他做了个快活的表情，响亮地拍了一下大腿。

维达尔已经醒了，身体蜷缩着，小脸苍白，带着一个凝固的微笑。几乎从来没人主动和维达尔说话，我觉得他一定很难受。但拉伯波特经常和他说话，和他聊起比萨城和比萨人，带着一种真挚的怀念，尽情回忆过去。在我看来，对于拉伯波特来说，维达尔显然是一个可以帮助他放松神游的人，但这对维达尔来说，是友谊的象征。这珍贵的友谊，是一位强者慷慨给予他的，是男人和男人之间的友谊。

"怎么，你不认识玛格丽特吗？你从来没和她在一起过？你还是不是真正的比萨人？哈！（拉伯波特就是这样说的："哈！"就像拉伯雷[2]笔下的英雄，沉醉于爱情和美酒，但仍

---

[1] 原文为波兰语。
[2] 拉伯雷（François Rabelais，1494—1553），文艺复兴时期法国作家，主要著作是讽刺小说《巨人传》，讲述巨人国王卡冈都亚和庞大固埃的神奇事迹，两位巨人力大无穷、智慧超常，品德高尚。

然身体强健，思维清晰敏捷）。那女人有起死回生的本事：白天是安静、纯洁、温柔的淑女，到了夜里，可是个真正的艺术家……"

这时又响起了一声长鸣，紧接着又是一声，声音似乎来自很远的地方，但离我们越来越近，就像疯狂开过来的火车头。大地颤抖起来，有那么一刹那，天花板上的水泥房梁跳起了舞，仿佛是橡胶做的。最后传来两声预料之中的巨响，爆炸之后，是金属被炸毁的噼里哐啷声，伴随着这声音，我们也从痛苦焦虑中松了一口气。

坦诚地说，我不是特别害怕爆炸。我当时太迟钝了，惰性混合着一种斯多葛主义的自我克制。我愚蠢地认为那些炸弹不是炸我们的，所以不会伤到我们。我的身体的确感到恐惧，但它没能占上风，我没有费劲逃开，而是留在了之前的位置。维达尔爬到了一个角落，脸埋在胳膊肘里，好像在挡耳光，他高声祈祷着。

又传来了一声可怕的嘶鸣。你们都知道炮弹的呼啸声是什么样的，那是魔鬼的声音。我常常想到，那些邪恶的工匠，故意让炮弹发出这样的声响，表达了对野蛮行径的渴望，并傲慢地向轰炸对象发出最后通牒。我从袋子上滚下来，撞到墙上：又是一声爆炸，近在咫尺，几乎像是面对面，接着巨大的气流向上升去。

拉伯波特笑得合不拢嘴。"你吓得尿裤子了吧，是不是，比萨人？还没有吗？别急，别急，好戏还在后头呢。"

"你胆子真大。"我说。

"这不是胆大的问题，我是有理论依据的。这是概率的问题：这是我的秘密武器。"

现在我累了，这种疲惫很古老，深入骨髓，我觉得难以名状。不是所有人都能感受到的那种疲惫，它不像暂时的麻痹，遮住了幸福和自在。那是一种缺失，一种彻底的空洞，像截肢一样，感到虚弱是我的常态，就像一把子弹射光的枪。维达尔和我一样，可能他没有我的感觉那么强烈，其他人也和我们俩差不多。拉伯波特说的话，他的存在方式，他的活力，在其他情况下我可能会很欣赏（就像现在，其实我很欣赏他这种人），但当时在我看来，他特别不合时宜，令人厌烦。就算拉伯波特在里面能吃饱喝足，他是波兰人、医生，是逃避苦役、举办地下宴会的大师，但我和维达尔——我们两个弱者，和他在一条船上。要是我们的命不值两个钱，那他的命也高贵不了多少，令人恼火的是：他不愿意和我们表现得一样害怕。所以他说到理论和概率的事儿，我不想听他讲这些。我有其他事要干，我要睡觉，如果上面的情况允许我睡着的话。要是无法睡着，我就像每个深思熟虑的人那样，安安生生地体味自己的恐惧。

但要避开、忽视或说服拉伯波特，都不是件容易的事。"你们睡什么睡？我正准备立遗嘱呢，你们却要睡觉。没准，炸死我的炸弹已经在路上了——我可不想错失良机。"

"如果我自由了，我想写一本书：《拉伯波特·克拉西医生：善与恶的几何学》，阐述我的人生哲学。而现在，我也只能把它讲给你们两个软蛋听了。要是你们觉得有用，那再好不过；要是没有用，假如最后幸存的是你们，而不是我——这当然有些奇怪——你们就可以在外面讲讲，或许会对有的人有用。当然，我倒不是很在乎这一点，我也没想做一个对别人有益的人。

"我的人生哲学就是：'在我疯狂的青年时代'①，我吃过喝过，爱过，结交过形形色色的朋友。我离开了黯淡无味的波兰，来到你们意大利，在意大利学习，旅行，大开眼界。做所有这些事时，我都尽情享受，没漏过一丝一毫。我很勤奋，我相信不会有人能比我做得更多更好。我的生活一帆风顺，也积累了大量财富，这些财富没有消散，而是留在我心里一个安全的地方。我没有让它们褪色，而是保存起来。

"后来，我就到了这儿。我在这儿已经二十个月了，二十个月以来，我一直在算着人生这笔账，现在还算划算，还有许多富余。只要这笔账还没亏空，我就坚不可摧，没人敢碰我。要让这笔账变成负数，我还得在集中营再待许多年呢，或者需要忍受很多酷刑。再说了（他轻轻抚摸了一下肚子），只要大胆敢干，就算在这里，也能时不时找到点好东西。

"因此，万一你们谁幸存下去了，而我死掉了，你们可以给感兴趣的人讲讲我的故事。你们就可以说，莱奥·拉伯波特得到了他期望的一切，他不欠别人的，别人也不欠他的，他从未哭泣或祈求怜悯。如果在另一个世界，我见到了希特勒，会理直气壮地朝他脸上吐唾沫，因为他从来没能让我屈服。"

他的演说忽然被打断了。两名防空炮兵，由一名集中营

---

① 原文为法语"au temps de ma jeunesse folle"，引用法国中世纪抒情诗人弗朗索瓦·维庸（François Villon，约 1431—1474）的诗句。

头头领着，闯进我们的避难所。我们被赶了出去，外面已经响起了警报解除的声音，他们来叫我们清理废墟。

后来，我只短暂见过拉伯波特一面，那是几个月之后的事了，只有几秒钟时间。正是这最后一面，将他的样子像照片一样定格在我脑海中。

1945 年 1 月，我因生病躺在集中营的医务室里。从我的床铺那里，可以看到两座棚屋之间的一段路，雪已经很厚了，积雪上踩出了一条路。这里常有医务室的勤杂工走过，他们两人一组，用担架抬着死去或垂死的人。我觉得，这段路的终点是堆放尸体的地方，这些尸体将被运往比克瑙的焚尸炉。

一天，我看到两个抬担架的人，其中一个吸引了我的注意，因为他身材高大，健壮得非同寻常，在这种地方绝对罕见。我认出他就是拉伯波特，于是下床，来到窗边敲了敲玻璃。他停了下来，对我做了一个愉快又意味深长的表情，然后举起手，夸张地打了个招呼，担架上的人歪向了一边。

两天后，整个营地被清空了，当时恐怖的情况众所周知。我有理由断定，拉伯波特没能幸免于难，因此我觉得，我有必要尽己所能履行他托付给我的事。

天使蝴蝶

几个男人一脸严肃地坐在吉普车里，大家都一声不吭——他们四个人一起工作已经有两个月了，但彼此并不是很亲密。那天轮到法国人开车了，他们经过选帝侯大街，汽车在石板路上颠簸，后来在大钟街转弯，绕过一片废墟，一直到了抹大拉街。那里有个弹坑，没法通过，坑里满是泥浆；泥水里有一根管子裂了，煤气从那里冒出来，吹出一串串脏兮兮的水泡。

　　"26号在前面，"车里的英国人说，"我们下车走过去吧。"

　　26号是一栋独立的建筑，看起来完好无缺，旁边是荒地，地上的废墟被清理走了，长满杂草。有人开垦了几个菜园，零零落落种着些菜。

　　门铃坏了，敲了半天门也没人应，他们决定把门撞开，但只撞了一下，门就开了。房子里落满灰尘，到处都是蜘蛛网，一股强烈的霉味迎面扑来。"在二楼。"那个英国人说。在二楼，他们的确看到了写有"勒布教授"的门牌，那道门很结实，上了两道锁，他们费了好大劲才打开。

　　他们进去时，屋里一片黑暗。俄国人打开手电筒，接着打开了一扇窗户。他们听到一群群耗子跑开的声音，可是却看不到它们的身影。房间是空的，一件家具都没有，离地面两米高的地方，有一个很简易的架子，两根很结实的杆子，从一面抵向另一面墙，平行放置。那个美国人从三个不同的角度拍了照，还画了张速写。

地板上是厚厚一层垃圾：破布、废纸、骨头、羽毛、果皮，还有大片红褐色的污渍。美国人用刀片小心刮下一点红色粉末，装进一个小试管里。在一个角落里，有一堆难以辨别的灰白色东西，看起来干巴巴的，闻起来有尿骚和臭鸡蛋味，里面全是蛆虫。"优等民族！"俄国人用轻蔑的语气说（他们之间说德语），美国人又从那堆东西里取了些样品。

英国人拾起一根骨头，拿到窗前仔细察看。"是什么动物的？"法国人。"不知道，"英国人说，"我从来没见过类似的骨头。或许是某种史前鸟类，但这种鸟冠只……好吧，得做个薄切片。"他的声音里流露出恶心、厌恶，还有好奇。

他们收集了所有骨头，都带上吉普车。这时，车子跟前已经围了一群好奇的人：一个小孩上了车，在座位底下乱翻。看到四个士兵过来，那些人连忙四散走开了。几个士兵只拦住了三个人：两个老头和一个姑娘。问他们话，他们什么都不知道。你们认识勒布教授吗？从来不认识。一楼的斯宾格勒太太呢？她死于轰炸。

他们坐上吉普车，启动发动机。那个姑娘本来转身要走了，却又折回来问："你们有烟吗？"他们掏出了烟。姑娘继续说："那些人把勒布教授养的动物吃掉时，我也在场。"几个士兵让她上了车，把她带到了"四方指挥部"。

"那么，那个传说是真的了？"法国人问。

"看来是真的。"英国人回答说。

"预祝那些专家工作顺利，"法国人摸着装骨头的口袋说，"也祝我们顺利。现在轮到我们写报告了，谁也不能替我们写，真是个脏活儿！"

希尔伯特怒气冲冲地说："这就是鸟粪！你们还想知道什么？什么鸟的粪？找占卜的去吧，别来为难我这个化学家了。你们找到的这些恶心玩意儿，让我花了整整四天工夫分析，简直枉费心机。无论是人是鬼，要是能从这里面发现什么新东西，那就让他们把我吊死吧。你们下次给我带点别的来：信天翁粪、企鹅粪，还有海鸥粪，那我就可以进行对比分析。运气好的话，或许能有什么新发现，可以告诉你们。我可不是鸟粪专家。至于地板上的那些污渍，我在里面发现了血红蛋白。要是有人问我它的来历，我可能要被关起来。"

"为什么会被关起来？"警官问。

"是啊，我一定会被关起来的。要是有人问我这个问题，就算是我上司，我也会骂他简直是个白痴。那里面什么都有：血液、水泥、猫尿、耗子尿、泡菜，还有啤酒，简直就是德国的精髓。"

上校沉重地站起身。"今天到此为止，"他说，"明天晚上，我要请你们吃饭。我在格鲁内瓦尔德①找了个不错的馆子，就在湖边。到时等大家轻松一点，我们再来谈这件事。"

那是家被军方征用的啤酒屋，应有尽有。上校坐在桌首，身边坐着希尔伯特和生物学家斯米尔诺夫。吉普车上的四位

————
① 柏林的一个城区。

士兵坐在桌子两边，桌子另一头是位记者，还有在军事法庭工作的勒杜克。

"那个勒布教授，"上校说，"真是个怪人，他生在一个适合搞理论的时代。你们都很清楚，要是某个理论符合当时的社会环境，不需要太多文件程序就能通过，受到大家的推崇，还有上层的支持。但勒布教授是个严肃认真的科学家，他以自己的方式寻求真理，而不是争名夺利。"

"现在，你们别指望，我会仔仔细细跟你们讲勒布教授的理论。首先，我只是个上校，不是科学家，我只能从我的角度去理解。其次，我是长老派的人……相信灵魂不灭，也很在意自己的灵魂。"

"对不起，长官，"希尔伯特执意打断了他的话，"拜托跟我们讲讲您知道的事。不为别的，只是到昨天为止，我们已经有三个月都在忙这件事。总之，我觉得是时候解开谜底了，让我们明白自己在做什么。您知道，这也是为了把工作做得更到位。"

"你说得太对了。我们今晚在这里，也是这个目的。不过说来话长，如果说得有些绕，请大家谅解。如果我离题太远，还要请斯米尔诺夫先生指正。"

"现在我开始说吧。在墨西哥的某些湖里，生活着一种小动物，名字很难记，长得有点像蝾螈。几百万年来，它们一直自由自在、繁衍生息。但在生物学上，它们简直恶名昭著：它们是在幼态下进行繁衍的。现在就我所知，这是件非常严重的事，简直是不可容忍的异端，是对自然规律无耻的一击，尤其是打了那些学者和立法者的脸。总之，好比说一只毛毛虫，具体来说，是一只雌毛毛虫，它在变成蝴蝶之前，就和另一只雄毛毛虫交配，受孕产卵。而从卵里诞生的，当然只能是毛毛虫。那变成蝴蝶又有什么用呢？变成'完美昆虫'有什么用呢？完全不用费那个工夫。"

"实际上，墨西哥钝口螈（忘了和你们说，那小怪物就叫这名字）就省了这麻烦，它们几乎都是这样，都是在幼态下进行繁殖。一百只或一千只墨西哥钝口螈里，才会出现一个特例，可能是因为活得特别久，它们在繁殖后很久才会变成另一种动物，形态会发生彻底变化。斯米尔诺夫，您别做这个表情，要不您来讲，我只能用自己的话来说这个事儿。"

他停顿了一会儿说："幼态延续就是这种变态现象的名称，意思是：动物在幼体形态进行繁衍。"

晚餐结束，到了吸烟斗的时间。九个男人来到阳台上，法国人说："好吧，刚才说的这些事都很有趣，但我没看出来，这和我们的工作有什么联系……"

"我们正要讲到这里。还要说的就是，几十年来，他们似乎（上校用手指着斯米尔诺夫的方向）能做些手脚，在某种程度上控制这种现象。也就是给墨西哥钝口螈用激素……"

"是甲状腺激素。"斯米尔诺夫不情愿地纠正了一句。

"谢谢。用了甲状腺激素之后，钝口螈总会出现变化，也就是在它们死去之前，会发生变形。这就是勒布教授的假设。他认为，这种现象并不是看上去那么偶然，可能很多其他动物，所有动物，包括人类，都蕴藏着某种可能，具有某种潜力，有进一步发展和演变的能力。虽然可能有很多争议，但这些生物都处于初级状态，都是些'草稿'，还可能变成'他者'，而这种形态变化通常不会发生，是因为死亡在这之前来临了。总之，我们也处在'幼态延续'状态。"

"有什么实验依据呢?"黑暗中有个声音问。

"完全没有，或者很少。文件里有一部他的手稿，篇幅很长，简直是个大杂烩，有敏锐的观察、轻率的归纳、怪诞晦涩的理论，有时会扯到文学和神话，还有带着仇恨的挑衅，以及对当时一些重要人物的阿谀奉承。这份手稿没能出版，我一点都不惊奇。手稿里有一章，是对百岁老人第三次长牙的研究，还包括一份秃头者晚年长出头发的案例记录。还有一章，是关于天使和恶魔的肖像研究，从苏美尔人① 到梅洛佐·达·福尔利②，从奇马布埃③ 到鲁奥④。这里有一段内容，在我看来很关键，这一段中，勒布带着病态的固执，以那种不可置疑但有些混乱的方式，提出了一种假设……总之，他推测：天使不是幻想的产物，不是超自然的存在，也不是诗意的梦想，天使是我们的未来，也就是我们会成为的样子。如果我们活得足够久，或者接受他的操控，就会变成天使。事实上，接下来的章节，是手稿里最长的一章，我也没怎么看懂，题目叫做《转生的生理基础》。还有一章是关于人类饮食的实验：一个大手笔的实验，要完成它，一百辈子都不够。他提出要让整个村庄，几代人都遵循非常严格的食谱，主要基于酸奶，要么是鱼籽，要么是发芽的大麦、水藻糊。同时

---

① 两河流域早期的定居民族，建立了目前所知全世界最早产生的文明。
② 梅洛佐·达·福尔利（Melozzo da Forli，1438—1494），意大利文艺复兴时期画家、建筑师。
③ 奇马布埃（Giovanni Cimabue，1240—1302），中世纪末意大利画家。
④ 鲁奥（Georges Henri Rouault，1871—1958），法国表现主义画家，宗教画家。

严格禁止异族通婚，所有人六十岁都要牺牲（"牺牲"①，他就是这样写的），成为祭品，对他们的尸体进行解剖。愿上帝宽恕他！在卷首引言里，他还引用了《神曲》中的一段，谈到了蛹的问题，蛹虫与完美的形态——'天使蝴蝶'相差甚远。我刚刚忘了说，这篇手稿最前面有一段献词，是一封信，你们知道是写给谁的吗？是献给阿尔弗雷德·罗森堡②的，就是《二十世纪的神话》的作者。手稿后有一份附录，勒布教授提到了一项他做的'简陋的'实验，是 1943 年 3 月开始的：一系列具有开创性的基础实验，可以在普通民房里进行（在采取必要的保密措施的情况下），大钟街 26 号正是他得到许可，进行这项实验的民用住宅。"

"我叫格特鲁德·恩科，"那姑娘说，"我十九岁了。勒布教授在大钟街建实验室时，我十六岁。我们当时就住在实验室对面，透过窗户可以看到里面的情景。1943 年 9 月，来了一辆军用小卡车，从车上下来四个穿制服的男人，还有四个平民——两男两女，他们都很瘦，头低垂着。

"后来又运来了很多箱子，上面写着'战争物资'。我们当时很小心，只有确信没人发现时，才敢看一眼，因为我们知道这事有些机密。好几个月，我们都没什么新发现。教授每个月只来一两次，独自过来，或是与几个军人、纳粹党员

---

① 原文为德语，Opferung。
② 阿尔弗雷德·罗森堡（Alfred Rosenberg，1893—1946），纳粹德国的政治人物，为纳粹党内的思想领袖，著有《二十世纪的神话》一书，是加入纳粹党最早的成员之一。

一起。我特别好奇，但我父亲总说：'别看了，不要看那里面发生了什么。我们德国人，知道得越少越好。'后来城市被轰炸，26号房子没被炸毁，但有两次，爆炸的气流震碎了窗子。

"第一次，我看到二楼的房间里有四个人。他们平躺在地上的草垫上，盖得严严实实，像在冬天一样，可是事实上那几天特别热。他们像死了，或者是在睡觉，但他们应该没死，因为那个看护平静地待在旁边，边读报纸，边抽烟斗。可要是他们在睡觉，那空袭警报的声音难道不会把他们吵醒吗？

"第二次，草垫和人都不见了，房间里用四根杆子搭了个架子，上面站着四只动物。"

"怎样的动物？"上校问。

"是四只鸟，像秃鹫，但我也只是在电影里见到过。它们很害怕，发出恐怖的叫声，好像想要从杆子上下来，但它们肯定是被拴住了，因为爪子没法离开横杆。那些鸟似乎努力想飞起来，但它们的翅膀……"

"翅膀怎么了？"

"叫翅膀都很勉强，上面只有稀稀拉拉几根羽毛了，就像……就像烤鸡的翅膀，没错。它们的脑袋我没看太清楚，我家窗户太高了。但那些鸟一点都不好看，看起来有些可怕，特别像在博物馆里看到的木乃伊。但看护很快就来了，挂起几块帘子，不让人看里面。第二天，窗户就修好了。"

"后来呢？"

"后来就再没看到什么了。空袭越来越频繁，一天两三次，我们的房子塌了，除了我父亲和我，所有人都死了。然而，就像我刚才说的，26号房子却没有倒。只有寡妇斯宾格勒太太死了，但她当时是在街上，被低空扫射的机枪打中了。

"俄国人来了，战争结束了，大家都很饿。我们在那附近搭了间棚屋，我尽力凑合着活下去。一天夜里，我看到有很多人在26号房子前的街道上说话。有个人打开了门，所有人都簇拥着进去了。我对父亲说：我去看看发生了什么。他又跟我说，少管闲事，但我实在太饿，就出门了。我到那里时，一切已经差不多结束了。"

"什么结束了？"

"他们在那里吃喝了一通，他们都带着棍子和刀，把那几只鸟弄成了碎片，消灭了。领头的肯定是那个看护，我感觉我认得他，而且他有钥匙。我记得在结束之后，他还不厌其烦地把所有门都关上，不知道为了什么，反正屋里什么都没有了。"

"这位教授后来怎么样了呢？"希尔伯特问。

"没人知道，"上校回答说，"根据官方说法，他死了，在俄国人来的时候上吊自杀了。但我不相信这是真的：像他这样的人，只在失败面前才会屈服。不管人们如何评判这件龌龊事，他确实取得了成功。我相信，要是我们仔细寻找，就会找到他。没准要不了多久，我们又会听到他的消息。"

反向胺

有的工作会毁掉人，也有的会滋养人。那些最滋养人的工作中，自然而然就是那些保存性的工作，比如保存文件、书籍、艺术作品，或维护某个学院、制度、传统。众所周知，那些图书管理员、博物馆看守、圣器看管人、学校后勤、档案管理员，他们不仅长寿，而且几十年都看不出什么变化。

雅各布·德绍尔爬上八级宽大的台阶，他有点跛，走进阔别十二年的研究院大厅。他打听起哈尔豪斯、克莱伯、温克几个老朋友：他们都不在了，不是去世了，就是搬走了，唯一还熟悉的面孔就是老迪博夫斯基。迪博夫斯基还在，他一点都没变：秃头还是和以前一样，脸上挤满深深的皱纹，胡子剃得很糟糕，双手骨节突出，上面有很多老年斑。连灰衬衫也是原来那件，过于短小，还打了补丁。

"哎，老话说得没错，"迪博夫斯基说，"飓风经过时，总是最高的树木先倒下。我能留下来，说明我不惹眼。不管是俄国人、美国人，还是之前那些人……"迪博夫斯基看了看四周：很多窗户缺玻璃，书架上没几本书，暖气也不足，但研究院还开着。男女学生经过走廊，穿着破旧的衣服，空气里有一种特有的刺激性气味，这味道他再熟悉不过了。他向迪博夫斯基问起那些已经不在这里的人：他们几乎全死于战争，或死在前线，或死于轰炸。他的朋友克莱伯也死了，但不是因为战争。克莱伯——神奇的克莱伯[①]，他们以前就是这么叫他的。"

"他呀，您有没有听说他的事？真是个奇怪的故事。"

"我有很多年没在这里了。"德绍尔回答说。

"没错，我把这事给忘了。"迪博夫斯基说，没再发问，"您有半个钟头的时间吗？请跟我来，我给您讲讲。"

他把德绍尔带到他的小办公室。那是个有雾的下午，从窗户投进来的光很黯淡。窗外，雨点随风飘下，落在花坛里的野草上，以前这个花坛有人精心打理，现在却被杂草侵占了。他们坐在两张凳子上，面前是一台有些生锈、遭到腐蚀的精准天平，空气里有很浓的苯酚和溴的味道。老人点燃烟斗，从桌子底下摸出一个棕色瓶子。

"我们从来不缺酒。"他说着，给两个烧杯里倒上酒。他们喝着酒，迪博夫斯基开始讲。

"您看，这可不是随便和什么人讲的事。我记得你们是朋友，这才告诉您的，这样您就会明白，这是怎么回事儿。您离开这里后，克莱伯变化不大：他还是很固执，很认真，沉迷于工作。他有知识，能力很强，还有一点点疯狂，这对我们的工作没什么坏处。他还是很腼腆，您走后，他再也没交其他朋友，反倒添了许多怪癖。独来独往的人，总是很容易出现这种情况。您应该还记得，他多年来一直在研究苯的衍生物。您知道的，因为眼睛不好，他没去当兵。后来晚些时候，所有人都要参军打仗，但他也没去。不知道是怎么回事，

---

① 原文为德语，Wunderkleber。

可能他在上面有熟人。就这样，他继续研究那些苯的衍生物。可能有人对他的研究感兴趣，想把它用于战争，这我也说不好。他偶然发现了反向胺。"

"反向胺是什么？"

"别急，我说到后面，您就明白了。他用那些试剂在兔子身上做实验，他试了有四十多种试剂，发现有只兔子表现得很奇怪。它不吃食物，而是啃木头，咬笼子，弄得满嘴是血才肯罢休，没几天就伤口感染死了。好吧，要是其他人，可能都不会注意这件事，但克莱伯不是这样：他是个老式研究员，比起统计数据，他更相信事实。他又给另外三只兔子用了'B41'（第41种衍生物），得到了相似的结果。我也差点卷进去。"

他停顿了一下，在等对方提问。德绍尔没让他失望，就问：

"您也卷入其中？怎么回事呢？"

迪博夫斯基把声音压低了些说："您知道，那时很缺肉，我妻子觉得，把做实验用的动物都扔进焚化炉，那太可惜了。我们时不时会拿来尝尝：我们吃过不少豚鼠、几只兔子，但从来不吃狗和猴子。我们会选择那些感觉吃了不会有危险的动物，刚刚说的那三只兔子，其中一只正好就给我们吃掉了，但也是后来我们才发现的。您看，我喜欢喝酒，虽然不是酗酒，可没有它也不行。那次我发现，我喝了酒，可是感觉不太对劲。当时的情景，我记得清清楚楚，就像刚发生一样。那天晚上，我和一个叫哈根的朋友喝酒，我们不知道从哪儿弄来了一瓶烈酒，就在这个房间里喝了起来。那是我吃了兔肉之后的晚上：那瓶酒牌子不错，但不知怎么的，我觉得很难喝。哈根觉得它特别棒，我们争论起来，都想说服对方。酒喝了一杯又一杯，我们都有些激动。那酒我越喝越觉得难喝，但哈根坚持他的意见，最后我们吵了起来。我说他又愚蠢又顽固，哈根把酒瓶砸到了我头上。看到这儿了吗？还留着疤呢。好吧，挨了这一下，我并不觉得疼，反而有一种奇特的感觉，特别舒服，我从来没有过那种感觉。我想用语言来形容一下，尝试了很多次，可一直没找到合适的词：有点像早上醒来，躺在床上伸懒腰，但感觉更强烈，更刺激，就像集中在某个点上。"

"那晚后来又发生了什么，我就不知道了。第二天，我的伤口不再出血，我在上面贴了块创可贴，但一摸到它，还会有那种奇怪的感觉，就像搔痒一样。您别不信，确实太舒服了。整整一天，只要没人看到，我就去摸头上的创可贴。后来一切渐渐恢复正常，我又觉得酒好喝了，头上的伤口也愈合了。我跟哈根和好了，再也没想过这件事。但几个月之后，我又想起了它。"

"这个'B41'是什么东西？"德绍尔打断了他的话。

"是一种苯的衍生物，我已经和您说过了，但它有一个螺环骨架。"

德绍尔惊奇地抬头看他。"螺环骨架？您怎么知道这个？"

迪博夫斯基勉强笑了笑。

"四十年了，"他耐心地回答说，"我在这里工作了四十年，您觉得，我什么都没学到吗？在工作中学不到东西，那就太没意思了。再说，还有之后发生的事情……甚至报纸上都刊登了，您没读到过吗？"

"我没读过那个时期的报纸。"德绍尔说。

"也不是说，报纸会把事情说得多清楚，您知道那些记者都是什么人。但总之，有段时间全城都在谈论螺环化合物，就像发生了投毒案件一样。所有人都在谈这个，火车上、防空洞里都在谈论这种物质，就连小学生都知道：它有苯的骨架，结构是扭曲的，不是平面的，有不对称的螺环形碳、对位苯甲酰基，具有反向胺活性。现在您应该懂了吧？正是克莱伯，把这种物质命名为'反向胺'，它可以把疼痛转化为欢乐。并不是苯甲酰起的作用，或者说，苯甲酰的作用很少，真正重要的是它的骨架，像飞机尾翼的形状。要是您上到三楼，在可怜的克莱伯的工作室里，还可以看到他亲手做的化合物立体模型。"

"它们的效果是永久的吗？"

"不，只持续几天。"

"真可惜。"德绍尔脱口而出。他在认真听，但眼睛却一直盯着窗外的雨雾，他无法剪断自己的思绪：这座城市，正如他所见，表面上房屋几乎没有受损，但有一种深层的东西却被搅乱了，像漂浮的冰山一样，很多东西隐藏在水下。生活充满虚假的快乐，耽于声色却缺少激情，喧闹嘈杂却并不幸福。这座城市充满怀疑，了无生气，已经迷失了，简直是神经症之都：只有神经症是新的，其他的都支离破碎、摇摇欲坠，甚至连时间的痕迹都没有，就像蛾摩拉^①一样成了石

---

① 古代城市，按《圣经·旧约》记载，蛾摩拉城因罪恶深重被上帝毁灭。

头。眼前这个老人讲的周折故事，发生在这座城市，简直再合适不过。

"可惜？您先听我说完。您不知道这件事很严重吗？要知道，'B41'只是试验品，这种试剂效力微弱，也不稳定。克莱伯很快发现，使用几组取代基，不需要进行太多操作，就可以得到更大的效果——有点像在广岛发生的事，还有后来的事。这不是偶然，您看，绝对不是偶然。有些人相信自己可以使人类免于痛苦，有些人觉得能给人类带来免费能源，可他们不懂，没有什么是免费的，从来没有。一切都有代价。不论如何，他很走运，找了一条路子。我当时和他一起工作，克莱伯把所有与动物有关的工作都交给我，自己继续合成物质。他同时进行三到四种合成实验。四月，他制造出了一种活性更高的化合物——160号试剂，后来就成了'反向胺DN'。他把这种物质交给我做动物实验。实验用的剂量很低，不超过半克，所有动物都出现了反应，但程度不同：有的只是有些行为反常，就像我之前说过的那样，几天就恢复正常了。但另外一些动物，怎么说呢？它们好像颠倒了，再也无法恢复了。对于它们来说，快乐和痛苦似乎彻底对调了：后来它们全死了。

"观察这些动物的反应，是件可怕又迷人的事。比如，我记得有条狼狗，我们想尽一切办法想让它活下来，但它却不愿意，似乎一心想毁掉自己。它完全失控了，恶狠狠地撕咬自己的爪子和尾巴。给它戴上口套，它会咬自己的舌头，我不得不用橡胶堵住它的嘴，通过注射提供养分。这时它又学会了在笼子里奔跑，用尽全身力气去撞栏杆。一开始只是用头、用肩随意地撞，但后来它发现用鼻子撞更好，每撞一次，都会愉悦地号叫。我只得把它的爪子也捆上，但它也不呻吟，而是整日整夜，安安静静地摇尾巴，因为它再也睡不着了。这条狗身上只用了一剂十分克的反向胺，但再也没恢复。克莱伯试着给它用了十二剂解药（他有自己的一套理论，说什么合成反应肯定有效，能起到保护作用），但一点用处也没有，用第十三剂的时候，它死了。

"后来我经手了一条杂种狗，大约一岁了，我很快就喜欢上了那只小动物。它看上去那么温顺，我们让它每天在花园里自由活动好几个小时。它身上也用了十分克药，但每次剂量很小，在一个月内注入。因此，这只小可怜活得久一点，但后来它不再是一条真正的狗了。它身上没有一点狗的习性：不再喜欢吃肉，而是用爪子刨土和石头，把石头和土吞下去。它还会吃蔬菜、麦秸、干草、报纸。它害怕小母狗，却向母猫和母鸡求欢。有次，有只母猫被惹急了，朝它的眼睛扑过去，又抓又挠，而它完全不反抗，只是躺在地上摇尾巴，要不是我及时赶到，那只猫可能会把它的眼睛挖出来。天气越热，让它喝水就越费劲。在我面前，它装作喝水，但很明显，它很讨厌水；但有一次，它偷偷跑到实验室里，找到一小盆等渗溶液，把溶液喝光了。可如果它喝饱了水（我们用一根导管给它喂水），它会继续喝水，一直喝到撑。

"它对着太阳号叫，对着月亮哀鸣，一连几个小时，朝着灭菌器和离心破碎机摇尾巴。我牵它出去遛，它到了街角，看到路边的树，就叫个不停。总之，它行为异常，和正常的狗完全相反。我向您保证，看到这些古怪的行为，但凡还有点脑子的人，都会警惕。不过要注意，它并没有像那条狼狗一样失去理智。在我看来，它就像人一样清醒，知道渴了需要喝水，狗应该吃肉，而不是吃干草，但是它无法控制自己的反常冲动，会做出各种变态的行为。在我面前，它开始伪装，尽力去做正确的事，不只是为了讨我开心，让我不要生气。我相信它也一直都明白，什么是对的，什么不该做。但它还是死了，它听到电车的声音，忽然挣脱了我手里的链子，低着头冲向电车前面，它就是这么死的。在它死去的几天前，我发现它在舔炉子，被我撞了个正着——没错，炉子点着火，几乎烧红了。它一看到我，耳朵便耷拉下来，夹着尾巴蹲在那里，好像等着受惩罚。"

"用豚鼠和老鼠做实验，结果差不多。报纸上写过，在美国，科学家用老鼠实验的新闻，不知道您有没有读过：把老鼠大脑里的快乐中枢连上了刺激电极，教它们学会如何刺激快乐中枢，它们就再也停不下来，一直到死。相信我，这就是反向胺的效果：一种很容易就能获得的效果，而且不用花太多钱。我可能还没跟您说，这些试剂很便宜，一克花不了几先令，但只要一克，就足以毁掉一个人。

"事情到了这一步，我觉得应该小心一点，我对克莱伯说了。虽然我不如他有文化，但我觉得，我可以跟他说那些话，我看到了那两条狗的情况，而且我比他年纪大。克莱伯自然答应了我，但后来，他忍不住跟别人说了这项研究。他甚至做了更糟的事：和 OPG 签下合同，自己也开始用这种药剂。

您可以想象，我是第一个发现他用了药的，他尽力掩饰，但我很快就发现了。我一下子就看出了端倪。您知道我是怎么发现的吗？有两个证据：他不抽烟了，他不断搔痒。不好意思我这么说，但事情的确是这样。确实，在我面前，他还会抽烟，但我看得很清楚，他不再把烟雾吸进肺里，目光也不会在吐出的烟圈上停留。还有，他留在办公室里的烟头越来越长，可以看到，他点燃一支烟，习惯性地吸一口，就马上把它丢掉。至于搔痒这件事，只有他感觉没人看他，或是无意中他才这么干的。他挠得很凶，像狗一样，没错，好像想从自己身上挖下来一块肉。他会一直挠同一个地方，不久手上和脸上就会出现伤痕。他下班之后的情况是什么样的，我也不好说，因为他一个人住，也不和任何人讲话。有个姑娘之前经常打电话找他，还在研究所外面等过他几次，后来再也没有露面，我觉得这也不是偶然。

"至于与OPG公司的合作，很快能看出，从一开始，这就不是个好主意。我觉得，他们并没给克莱伯很多钱。他们以极其笨拙的方式偷偷推销这种物质，说"反向胺DN"是一种新的止痛药，对它的副作用却只字不提。但肯定信息泄露了——是研究所里的人泄露的。这不是我说出去的，但我觉得，大家都知道是谁说的。事实上，很快有人囤积这种新型止痛药。不久后警察发现，城里一个学生俱乐部搞了一场闻所未闻的狂欢，消息刊登在《信使报》上，但没报道详细情况。我倒是知道细节，就不具体说了，简直像中世纪的事儿。您要知道的就是，警察没收了上百袋针，还有钳子和用来烧红那些针的炭火盆。那时战争刚结束，这里还被占领着，这件事就被压下来了，再也没人谈论，也可能因为T部长的女儿也卷入了此事。"

"但这与克莱伯有什么关系？"德绍尔问。

"稍等，马上我们就讲到了。我还想再和您说另一件事，是我从哈根那儿听说的，就是前面说的那个和我喝酒的人，那时他成了外交部办公室主任。OPG 公司把反向胺的生产许可转卖给了美国海军，不知道赚了几百万（世上的事情，就是如此），美国海军希望把它用于军事。在朝鲜登陆的美国部队中，有一支就使用了。他们以为，这些战士会表现出惊人的勇气，无视一切危险，但结果却很可怕。他们确实对危险毫不畏惧，但似乎太大胆，在敌人面前，他们表现得无耻又荒谬，最终全都被杀死了。

"您刚刚问起了克莱伯。听我说了这些，我想您已经可以猜到，在后来的几年里，他的日子并不好过。我每天都跟在他身边，一直尽力拯救他，但我们再也不能像两个男人一样交谈了：他在回避我，他觉得很羞耻。他越来越消瘦，像是得了癌症。可以看出，他在努力克制自己，努力留住好的一面，抗拒反向胺带来的强烈愉悦感。这种感觉似乎不费吹灰之力、不花任何代价就能得到。我们都明白，不用付出任何代价只是一种假象，但这种诱惑肯定难以抗拒。就这样，他即使对食物失去了兴趣，也要强迫自己吃东西；他再也睡不着了，但还保持着规律的生活习惯。每天早上八点整，他准时来到这里上班，但从他脸上可以看出，他在拼命抵抗，承受着来自所有感官的错误信息的轰炸，尽量不让别人看出来。

"不知道他是出于软弱，还是固执，继续使用反向胺，或者他已经戒断了，但依然要承受副作用。事实上，一九五二年冬天，天气特别冷，就在这个房间里，我看到了他用报纸扇风。我走进来的时候，他正在脱毛衣。他说话也会出错，有时把'甜'说成'苦'，把'热'说成'冷'；大多数时候，他都及时更正了。但我还是注意到，他在做选择时，会有所迟疑，他发现我意识到这些异常时，会露出一种夹杂着恼怒与愧疚的眼神：一种让我很难受的眼神。这让我想起别的事情，也就是在他之前的实验品，那条杂种狗。我发现它做了不该做的事，它就蜷缩在那里，用这样的眼神看着我。

"结局是什么样的？您看，如果去看新闻报道：他是死于交通事故。一个夏夜，他在城里开车，出了事故。他闯了红灯：这是警察的说法。我本可以帮助他们理解，向他们解释，一个人在当时的那种情况下，是很难区别红色和绿色的。但我觉得，最好还是保持沉默，可能对他要好一些。我向您讲了这些，因为你们曾经是朋友。我必须加一句，克莱伯做错了很多事，但还是做对了一件事：在去世前不久，他毁掉了所有和反向胺相关的资料，还有他手里的所有药剂。"

说到这里，老迪博夫斯基沉默了，德绍尔也没有再说话。他一下想到了许多东西，脑子很纷乱，或许那天晚上，他可以静下心来把思绪理清楚。晚上，他本来和别人有约，但看来要推迟了。他遭受了很多痛苦，他在思考一件很久都没考虑过的事情：痛苦不能去除，也不应该去除，因为它是我们的卫兵。通常这个卫兵很傻，不懂变通，非常顽强地履行它的职责，永不知疲惫。而其他所有的感觉，尤其是那些愉快的感觉，都会疲惫、消散。但我们不能压制痛苦，让它沉默，因为它本来就和生命是一体的，是生命的守卫者。

虽然有些自相矛盾，他想：要是他手中有这种药物，他一定会试试。因为如果说痛苦是生命的看守，那快乐就是目的和奖赏。他想，制造些"4-4′-二氨基螺烷"并不是什么难事。他还想到，如果反向胺可以把那些最沉重、最漫长的痛苦，把思念和虚空的痛苦，把无法弥补的失败带来的痛苦，把那种感觉自己不可药救的痛苦，都变成快乐。如果是真的，为什么不试一试呢？

可是，记忆让他联想到了另一个场景，他脑海中出现了一片苏格兰荒原，他从未见过，却胜似亲眼见过。荒原上空是大雨、闪电和狂风，三位长着胡子的女巫，擅长制造痛苦和欢乐，也擅长毁灭人类意志。她们唱着欢快又恶毒的歌谣[1]：

> 美即丑恶丑即美，
> 翱翔毒雾妖云里。[2]

---

[1] 《麦克白》第一幕中场景。
[2] 《麦克白》中三位女巫的预言，节选自朱生豪译本。

冰箱里的睡美人

冬季故事

出场人物：

洛蒂·托尔

彼得·托尔

玛丽亚·卢策

罗伯特·卢策

伊尔莎

巴尔杜

帕特丽霞

玛格丽特

2115 年，柏林

（洛蒂·托尔，女性，一个人上场。）

洛　蒂： ……今年也过去了，又到了12月19号，我们正在等客人光临，参加每年一次的家庭聚会。（摆放餐具、移动家具声）我嘛，并不是很喜欢家里来客人，我丈夫倒是很好客。他以前经常还亲昵地叫我"大熊星座"，现在却再也不这么叫了。这几年他变了很多，变得严肃又无趣。"小熊星座"是我们的女儿玛格丽特：她才四岁，真是个小可爱！（脚步声，其他声响同上）我并不是个害羞或孤僻的人，我只是讨厌招待五六个以上的客人，他们总会吵吵闹闹，聊些没头没尾的话。这时我会很不舒服，没人注意到我的存在——除了我端着托盘，给他们送东西的时候。

　　再说了，我们托尔家不常招待客人，一年也就两三次，而且我们很少接受邀请。这是自然，因为我们家给客人展示的东西，谁家都没有。有人收藏了漂亮的古画，比如雷诺阿、毕加索、卡拉瓦乔的作品；有人家里摆了猩猩标本，或是养了活泼的猫狗；有人家里装了移动吧台，有最新的毒品，但我们有帕特丽霞……（叹气）帕特丽霞！

　　（门铃声响了）第一拨客人到了。（敲房门）快来，彼得：我来了。

（洛蒂、彼得·托尔夫妇，玛丽亚、罗伯特·卢策夫妇。）

几个人互相问候，寒暄了一会。

罗伯特：晚上好，洛蒂；晚上好，彼得。天气可真糟糕，你们说是不是？我们有几个月没见过太阳了？

彼　得：我们也有好几个月没见过你们了。

洛　蒂：噢！玛丽亚，你气色真好，看起来更年轻了。这件貂皮大衣真漂亮！是你丈夫送的礼物？

罗伯特：不是什么稀罕玩意。这是火星银皮衣，俄国人似乎进口了不少，在东方产品区域，价格很公道。当然，她这件是限量版的，比较难搞到。

彼　得：罗伯特，我对你真是又欣赏又羡慕。我认识的柏林人里，很少有人不抱怨当下的情况，没人像你这样如鱼得水、从容自在。我越来越觉得：对于金钱真心实意、充满激情的热爱，是与生俱来的，后天是学不到的。

玛丽亚：这么多花儿！洛蒂，我闻到庆祝生日的美妙气息。生日快乐，洛蒂！

洛　蒂：（朝两位丈夫说）玛丽亚真是改不掉这毛病。不过罗伯特，请你放宽心。她不是结了婚之后才变得晕头晕脑，她在学校时就已经这样了。当时我们叫她"健忘的科隆女孩"，她参加口试的时候，还叫上其他班级的同学来参观。（装出严肃的语气）卢策太太，请再想想，您就这样学历史吗？今天不是我的生日——今天是 12 月 19 号，是帕特丽霞的生日。

玛丽亚：天啊，对不起，亲爱的，我的记性真是差得一塌糊涂。那今晚她就要解冻了？真好！

彼　得：当然，每年都一样。我们就等伊尔莎和巴尔杜了。（门铃声）他们来了，像往常一样，又迟到了。

洛　蒂：彼得，尽量理解他们一下吧！你见过哪对恋人能准时？

伊尔莎和巴尔杜上场，问候与寒暄同上。

洛蒂和彼得，玛丽亚和罗伯特，伊尔莎和巴尔杜。

彼　得：晚上好，伊尔莎；晚上好，巴尔杜，能见到你们，真是我的福气呀。你们如胶似漆，重色轻友，太不把我们这些老朋友当回事儿了。

巴尔杜：大家得原谅我们。我们最近很忙，要办很多手续：我的博士学位、给市政府的文件、伊尔莎的通行证，还有党内的许可。出城的许可已经到了，但还要等华盛顿和莫斯科那边的签证，尤其是北京的入境签证，那是最难拿到的。这些手续真是让人晕头转向，我们已经很长时间没见人了——简直不像样，都不好意思露面。

伊尔莎：我们来晚了吧？真是太失礼了。刚才我们没到，你们怎么不先开始呢？

彼　得：我们绝对不会这么干的。苏醒的时刻最有意思了：她睁开眼睛的样子那么美好！

罗伯特：开始吧，彼得，最好马上开始，不然我们凌晨才能结束。你去拿操作手册，可别像那次一样。我想应该是第一次（已经过去多少年了？），你操作失误，差点没酿成大祸。

彼　得：（不太高兴）手册就在我口袋里，但内容我已经能背下来了。请大家移步到另一个房间？（挪动椅子的声音、脚步声、议论声、不耐烦的低语）……第一步：中断氮气和惰性气体气流。（进行操作，响起吱嘎一声，气流声渐渐平息，操作重复两次）。第二步：启动气泵、"乌鲁布莱夫斯基"灭菌器和微型过滤器。（气泵声像远处一辆摩托车发出的声音，持续几秒）。第三步：打开氧气（响起越来越尖锐的哨声）并慢慢拧开阀门，直到指针指向百分之二十一……

罗伯特：（打断）不，彼得，不是百分之二十一，是百分之二十四——手册上写的是百分之二十四。我要是你，就会把眼镜戴上。你也别见怪，反正我们都是一样的年纪，在某些情况下，我会戴上眼镜。

彼　得：（不太愉快）对，你说得对，是百分之二十四。不过，无论二十一还是二十四，没什么两样，我之前已经试过了。第四步：慢慢转动温度调节器，升高温度，每分钟升高两度。（可以听到倒计时的声音）现在请大家保持安静，不要高声说话。

伊尔莎：（低声）解冻的时候，她会痛苦吗？

彼　得：（同上）不，通常不会，但前提是操作正确，完全遵照手册上的指示。她待在冰箱里时，温度必须一直保持稳定，严格控制在一定的范围内。

罗伯特：当然，只要低几度，我们就再也见不到她了。我曾读到过，这样会使神经中枢的什么部位凝结，冰冻的人就再也醒不过来，就算醒过来也会失忆，或变成傻子。但要是高了几度，她就会有意识，要忍受极大的痛苦。小姐，你想想这有多恐怖：感觉到自己的双手、双脚、血液、心脏、大脑全被冻住，一根指头都动不了，不能眨眼，也不能求救！

伊尔莎：太可怕了。这得有强大的勇气和极大的信任，我指的是对恒温器的信任。至于我，我酷爱冬季运动，可以说为之疯狂，但说实话，就算给我全世界的金子，我也不愿意处在帕特丽霞的位子。我听说，在她的时代，在这个实验刚开始时，要是帕特丽霞没注射……注射什么……防冻液，对，对，就是冬天放在汽车散热器里的，要是没有注射那个东西，她早就死了。再说了，这也有道理，要不，她的血液会冻成冰的。这是真的吗，托尔先生？

彼　得：（含糊其词）社会上有很多传言……

伊尔莎：（沉思）符合冰冻要求的人这么少，我一点都不惊讶。这是我的看法，我并不惊讶。我听说帕特丽霞特别漂亮，这是真的吗？

罗伯特：简直太美了！去年我近距离看到过她，那样的肤色，我们如今再也见不到了。可以看出，不管怎么说，二十世纪的饮食大部分还是天然的，肯定包含某些让人充满活力的东西，但是现在已经失传了。不是说我不信任那些化学家，相反，我很尊重、欣赏他们。可你们看，我认为他们有点……可以说……自以为是。对，他们有些傲慢。她身上有些东西，需要我们去发现，或许这不是最重要的方面，但我觉得一定有待发现。

洛　蒂：（不情愿地）没错，她当然很漂亮，这也和她的年纪相关。她的皮肤像婴儿一样，但我觉得，这是长时间冷冻的结果。那不是自然的颜色，太过红润，又太过白皙，像是……对，像个冰淇淋，请原谅这不太恰当的比喻。她的发色也过于金黄。要是非得说实话，她给我的印象，就像加了嫩肉剂，像是贮藏得太久了的肉……不论如何，她确实很美，这没人否认。她还有文化，有教养，有智慧，有勇气，每个方面都那么优秀。但这让我害怕，不自在，让我会产生出自卑情结。（她停顿了一下。尴尬的沉默之后，然后她勉强说道）……但我还是同样喜爱她，尤其是她冻着的时候。

沉默，节拍器继续响着。

伊尔莎：（低声）可以透过冰箱上的窥视孔看看吗？

彼　得：（同上）当然可以，但别大声说话。现在，温度已经上升到零下十度了，突然的情绪起伏，会对她不利。

伊尔莎：（同上）啊！真迷人！就像假的一样……她是……我想问一下，她真的是那个时代的人吗？

巴尔杜：（稍稍低声）别问这些愚蠢问题！

伊尔莎：（稍稍低声）这才不是愚蠢的问题。我想知道她多少岁了，她看上去这么年轻，即使大家都说，她……很古老。

彼　得：（听到了他们的对话）小姐，我马上就可以回答您。帕特丽霞已经一百六十三岁了，其中二十三年是正常的生活，另外一百四十年在冬眠。伊尔莎、巴尔杜，不好意思，我以为你们已经知道这个故事了。玛丽亚、罗伯特，我只能对你们说抱歉，我可能得重复一些你们已经知道的事。我要简单给这两位年轻人介绍一下，好让他们知道是怎么回事儿。你们一定知道，冬眠技术在二十世纪中期开始应用，当时主要用于临床和外科医疗。直到 1970 年，才真正出现了无痛苦、无损害的冬眠技术，适用于长时间保存复杂的有机体。后来梦想就这样成真了：通过这项技术，似乎有可能把人类"传送"到未来。但人能到多远的未来？有没有什么限度？会有什么样的代价？这都要进行研究。为了让后来的人——也就是我们，验证和使用这项技术，1975 年，在柏林宣布了选拔冬眠志愿者的消息。

巴尔杜：帕特丽霞就是其中之一？

彼　得：正是如此。冰箱里有一本她的个人手册，根据手册的内容，她在志愿者中排名第一。她符合所有要求：心脏、肺、肾脏等器官都状态良好；神经系统能和宇航员媲美；性格沉稳果断，不感情用事；最后她还很聪明，有文化。也不是说，冬眠的人就一定要聪明，要有文化，但同等条件下，智力水平越高的人更受青睐，原因很明显，是为了让他们在我们，以及我们的后代面前更占优势。

巴尔杜：就这样，帕特丽霞从 1975 年一直沉睡到了今天？

彼　得：没错，中间也有一些短暂的间断。委员会和她一起商定了这个计划，委员会的主席雨果·托尔，就是我那位著名的先人……

伊尔莎：他就是那个名人，对吗？就是我们在学校里学到的那个人？

彼　得：小姐，就是他，热力学四大定律的发现者。因此按

照之前预定的计划，每年她都会在 12 月 19 号——她生日的
这天，醒来几个小时……

伊尔莎：真贴心！

彼　　得：……发生一些意义重大的事件时，她也会不定期醒
来，比如重要的星际远征、著名的诉讼案件、国王或影视明
星的婚礼、国际排球赛、地质灾害，以及类似的事件：所有
值得见证，并传递到遥远未来的事件。当然，除此之外，每
次停电的时候……每年还有两次固定的苏醒，这是为了做体
检。手册上记载，从 1975 年到今天，她间断从冬眠醒过来的
时间，总共约三百天。

巴尔杜：……请原谅我问一个问题，帕特丽霞为什么会待在
您家？她在您家已经很久了吗？

彼　　得：（尴尬地）帕特丽霞是……帕特丽霞属于，可以这么
说，她是我们的传家宝。故事说来话长，有的地方也不清楚
了。您知道的，那是另一个时代的事了，已经过了一个半世
纪……柏林经历了一系列暴动、封锁、占领、镇压、屠杀，
而帕特丽霞能丝毫不受影响，由一代代父子传递下来，从来
没离开过我们家，可以说这真是个奇迹。从某种程度上来说，
她代表着我们的家族传承，她是……是一种象征，就是这样。

巴尔杜：……但她是通过什么方式……

彼　　得：……帕特丽霞是通过什么方式，成为了我们家的成
员吗？好吧，说起来您可能会觉得很奇怪，关于这一点，没
有任何书面记录，只有口头讲述，帕特丽霞既不确认，也不
否认。最开始，帕特丽霞好像待在大学里，确切地说是在解
剖学院的冷藏室里。在 2000 年前后，她和学院的团队大吵了

一回。没错，她说她对那种环境不满意，因为缺少隐私，而且她讨厌和要进行解剖的尸体挨在一起。似乎在某次苏醒时，她正式声明：要是不让她待在私人冰箱里，她就打算诉诸法律。为了解决这个问题，我前面提过的那位祖先，他很慷慨地把帕特丽霞接到了家里，当时他是学院里的老前辈。

伊尔莎：真是个怪女人！她还没在冰箱里待够吗？谁逼迫她这么做呢？整年都在冰箱里冬眠，只能醒一两天，还不是自己想什么时候醒，就什么时候醒，而是取决于他人，这可一点意思都没有。如果我是她，会无聊死的。

彼得：您这么说就错了，伊尔莎。恰恰相反，从来没有人活得像帕特丽霞一样充实。她过的是一种浓缩的生活，只有那些最重要的部分，没有任何不值得经历的事情。至于她在冰箱里的时间，对我们来说是流逝的时间，对她来说却并不是。不管是她的记忆，还是她的身体，都没有留下任何岁月的痕迹。她冬眠时不会变老，只有醒着的几个小时，才会衰老。在冰箱里过第一个生日时，她二十四岁，到现在已经过去了一百四十年，她只老了不到一岁。而从去年到今天，对她来说，只过了三十多个小时。

巴尔杜：用三四个小时来过生日，然后呢？

彼　得：然后我想想……（心算）另外六七个小时看牙医，试新衣服，和洛蒂出门买双鞋……

伊尔莎：这没错，她也得跟上时尚潮流啊。

彼　得：……这就有十个小时了。她用了六个小时，看了歌剧《特里斯坦》首演，这就是十六个小时。另外六个小时，是两次医生检查……

伊尔莎：怎么，她病了吗？大家都知道，突然的温度变化，谁都受不了。还说是会习惯的！

彼　得：不，不，她身体好得很。来给她检查的是研究中心的生理学家：他们每年定期来两次，像收税的一样准时。他们每次都带着所有仪器过来，让她解冻，从头到脚，给她做各种检查：照 X 光、心理测试、心电图、验血……至于检查到什么，他们什么都不说就走了。这是专业机密，他们一个字都不会透露。

巴尔杜：可你的祖先不是为了科研的目的，才把帕特丽霞留在家里的吗？

彼　得：（尴尬地）不……不止是这样。您看，现在我在做别的事……跟学术研究已经没什么关系了。事实上，我们对帕特丽霞产生了感情，帕特丽霞对我们也有感情：就像一个女儿一样。她不论如何都不会离开我们。

巴尔杜：可是，那为什么她苏醒的次数这么少，醒着的时间又这么短暂呢？

彼　得：原因很明显，帕特丽霞打算以青春的状态，去往尽可能遥远的未来，因此时间上要精打细算。不过，你等下就能听到她本人讲这些了，她会告诉你更多。你看，温度到三十五度了，她正在睁开眼睛。亲爱的，请赶快打开门，剪开包裹层，她开始呼吸了。

冰箱门咔哒打开了，发出吱嘎一声；剪刀和裁纸刀发出的声音。

巴尔杜：剪哪个包裹层呢？

彼　得：聚乙烯那层。聚乙烯层紧贴着她的身体，把她密封住，减少水分蒸发。

　　节拍器的声音就像背景音，在每次大家停止说话时，都能听到，现在这声音越来越响，然后突然停止了。可以很清楚地听到蜂鸣器响了三声，接着是几秒钟彻底的沉寂。

　　玛格丽特：（来自另一个房间）妈妈！帕特丽霞阿姨已经醒了吗？今年她给我带了什么？

洛　蒂：你还想让她给你带什么呢？和往常一样，只有冰块！再说今天是她的生日，又不是你的。别说话了，睡觉去，已经很晚了。

　　再次沉寂。大家听到一声叹息、一个懒散的呵欠、一声喷嚏。紧接着，帕特丽霞开始说话。

帕特丽霞：（声音有些做作，拉长声调，带着鼻音）晚上好。早上好。现在几点钟？这么多人呀！几号了？这是哪年？

彼　得：今天是 2115 年 12 月 19 日。你不记得了吗？今天是你生日。生日快乐，帕特丽霞！

　　所有人：生日快乐，帕特丽霞！

　　所有人的声音混杂在一起，能听到一些片段：
　　"您真漂亮啊！"

"小姐，请原谅我的冒昧，我想问您几个问题……"

　　"过一会儿，过一会儿再问！不知道她多么累！"

　　"您在冰箱里会做梦吗？会做什么梦？"

　　"关于这件事，我想听听您的看法……"

伊尔莎：谁知道她认不认识拿破仑和希特勒呢？

巴尔杜：怎么会，你说什么傻话，他们是两个世纪之前的人了！

洛　蒂：（坚决地打断）不好意思，请让一下。请让我过去，总得有人考虑一下实际的问题。帕特丽霞可能想吃点什么，（对帕特丽霞说）要来杯热茶吗？或许，你想来点更有营养的？吃一小块牛排怎么样？要换身衣服，洗个澡吗？

帕特丽霞：谢谢，来杯茶吧。洛蒂，你真贴心！别的我就不需要了，暂时不用。你知道的，解冻总是让我的胃不太舒服，牛排就待会儿再说吧。只要一小块……哦，彼得！你怎么样？坐骨神经痛好点了吗？有没有什么新闻？首脑会议结束了吗？天气冷起来了吗？唉，我真讨厌冬天，太容易感冒了……洛蒂，你呢？我看你气色不错，还有点发胖了，也许……

玛丽亚：……啊，是啊，时光流逝，大家都会变老……

巴尔杜：是几乎所有人。彼得，请允许我问帕特丽霞一个问题。我听了那么多她的事，非常期待这次见面，于是我想……（对帕特丽霞说）小姐，请原谅我的冒昧，因为我知道您的时间很宝贵。我希望您向我描述一下，在您眼中，我们这个世界怎么样。也希望您能向我讲述一下您的过去，您生活的时代，那个我们现在要感谢的时代，还有您对未来的看法……

帕特丽霞：（骄傲地）没什么特别的，您看，人们很快就能适应。比如说，您看到托尔先生了吗？他五十多岁了，（带着一丝恶意）头发越来越稀，有点啤酒肚，时不时有些小病小痛。对我来说，两个月前他二十岁，还在写诗，正要作为志愿军参加骑兵团。三个月前他只有十岁，叫我帕特丽霞阿姨，我进入冰冻的时候，他还哭着鼻子，要和我一起进冰箱。我说的不对吗，亲爱的？哦，实在对不起了。五个月前呢，他不光没出生，连生他的计划都还没有呢。那时他父亲——上校先生，当时还只是中尉，隶属雇佣军第四军团。我每解冻一回，他军装上的绶带就多一根，头发也少一些。他还向我求爱，用的是当时那种滑稽的方式，整整八次解冻的时间，他都在追求我……可以说，托尔家的人骨子里就有这种特性，他们全都一个样。他们没有……怎么说呢？对这种监护关系没有严肃的概念……（帕特丽霞的声音渐渐淡出）甚至他们的先祖，他们的祖宗……

接着，更近的地方，传来洛蒂清晰的声音，她朝观众讲话。

洛　蒂：你们听见了吗？你们看，那姑娘就是这样。她……她说话一点都不注意。我确实胖了——可我又没待在冰箱里。她没有发胖，她当然不会发胖，她像石棉、钻石、金子一样永恒不朽。但她喜欢男人，尤其是有妇之夫，是个永恒的风流女人，不朽的狐狸精。先生们，我想问问你们，她让我痛苦，不是没有道理的吧？（叹气）……男人们也喜欢她，她那样娇嫩的年纪：这是最糟糕的地方。你们知道，男人都是什么样儿的，不管姓不姓托尔，尤其是那些文化人：只要叹息两下，用那种眼神看他们两眼，再讲讲童年回忆，就能让他们落入情网。后来时间长了，帕特丽霞会处境尴尬，因为对于她来说，一两个月之后，她的爱慕者就上了年纪，看着闹心……不，不要觉得我很迟钝、很愚蠢。我也发现了，她这次苏醒，说到我丈夫就变了语气，变得尖酸刻薄。这也可以理解，她眼前又有了另一个男人。你们没有见证过之前几次她醒来的情况，简直让人恨不得扒了她的皮！只是，只是……我从来没能找到什么证据，也没能抓个现行。但你们相信"监护人"和那女孩之间的一切都光明正大、清清白白吗？再说了，（坚定地）每次解冻，都按规定记录在个人手册上了吗？我才不信，我可说不准。（停顿。交谈声和背景噪声混合在一起）。但你们也注意到了，这次和往常有所不同。很简单：她眼前有另一个男人——一个更年轻的男人，她喜欢年轻鲜活的身体！你们听：她明白自己想要什么，不是吗？（说话声）。哦，我没想到，他们已经到这一步了。

背景音中，渐渐出现巴尔杜和帕特丽霞的声音。

巴尔杜： ……这真是我从未有过的感受！要不是亲眼看到，真不敢相信：永恒与青春的魅力同时出现在一个人身上。我觉得面对您，就像面对金字塔，但您又是这么年轻漂亮！

帕特丽霞：没错，巴尔杜……先生，是该这样称呼您，对吧？对，巴尔杜。但上天给了我三样东西，而不止是两样，它们是永恒、青春，还有孤独。孤独，是像我这样勇敢的人要付出的代价。

巴尔杜：但这是多么值得敬佩的经历！您可以飞越时间长河，而其他人只能慢慢往前熬。您还可以亲身经历几十年内、几个世纪以来的风俗变迁，见证那些重要事件、英雄人物！哪个历史学家不羡慕您？而我就是个历史爱好者！（突然改变了话题）让我拜读一下您的日记吧。

帕特丽霞：您怎么知道……我是说，您怎么会认为我写了日记？

巴尔杜：这么说您真写了！我猜对了！

帕特丽霞：对，我是写日记。这是计划的一部分，但谁也不知道，连托尔家的人都不知道。而且也没人能读懂我的日记——它是用密码写的，这也是计划的一部分。

巴尔杜：要是没人能读懂，那有什么用呢？

帕特丽霞：日记是写给我自己的，以后会有用。

巴尔杜：什么以后？

帕特丽霞：就是以后，等我到了时间旅行的终点。那时我打算出版这些日记。我觉得不难找到出版社，这是一本私密日记，这种类型总是很受欢迎。（声音像在梦中）我还打算投身新闻界，您知道吗？我要出版我那个时代所有大人物的私人日记：丘吉尔、斯大林，等等，可以赚一大笔钱呢。

巴尔杜：可是，您怎么有这些人的日记呢？

帕特丽霞：我也没有。我把它们写出来，当然是基于真实事件。

停顿。

巴尔杜：帕特丽霞！（另一次停顿）您把我也带上吧。

帕特丽霞：（思考了一下，很冷漠地说）要是空口说说，这倒
不是个坏主意。但您不要以为，只是钻进冰箱就够了：您还
得接受注射，上培训课程……事情可不是那么简单。再说了，
不是所有人的身体素质都符合要求……如果旅途中能有一个
像您这样的同伴，当然不错，您充满活力，富有热情，有个
性……但您不是已经订婚了吗？

巴尔杜：订婚？曾经订过婚。

帕特丽霞：什么时候取消的呢？

巴尔杜：就在半小时前。我遇到了您，一切都变了。

帕特丽霞：您这样的男人，真是很危险，净说些奉承话。（帕
特丽霞突然改变了声音，不再娇柔含情，而是简洁有力、斩
钉截铁）不论如何，要是事情都像您说的那样，倒是能产生
有趣的组合。

巴尔杜：帕特丽霞！您迟疑什么呢？我们一起走吧，跟我一
起逃走。不是去往未来，而是进入当下。

帕特丽霞：（冷漠地）没错，我也正这么想，但什么时候呢？

巴尔杜：现在，马上。我们穿过客厅就走。

帕特丽霞：荒唐。大家马上就会来追我们，那个男人一定跑
在最前面。您看看他，他已经起疑心了。

巴尔杜：那什么时候走呢？

帕特丽霞：今晚。您照着我的吩咐去做。等到午夜，所有人都走了，他们会把我重新冰冻，放到荼里。冰冻比苏醒方便多了，有点像潜水，您知道，潜下去可以很快，但上来时要缓慢。他们把我放到冰箱里，毫不客气连上压缩器。但最初几个小时，我的身体还相当柔软，很容易醒来，恢复正常。

巴尔杜：所以呢？

帕特丽霞：所以就很简单了。您和其他人一起离开，送您的……总之，送那个女孩回家。然后再回来，从花园过来，从厨房的窗户进来……

巴尔杜：……然后事情就成了！还有两个小时，再过两个小时，世界就是我们的了！可是，请您告诉我，您不会觉得遗憾吗？为了我，中断去往未来几个世纪的旅行，您不会后悔吗？

帕特丽霞：年轻人，您看，要是我们成功了，以后聊这些的时间还多着呢。但首先我们要成功。瞧，他们要走了，快回到您的座位上，礼貌地道别，别做傻事。您知道，这其实也没有什么，只是我讨厌浪费机会。

客人离开时的说话声，移动椅子的声音。告别的只言片语：

"明年见！"

"晚安，如果可以这么说的话……"

"罗伯特，我们走吧，不敢相信，居然这么晚了。"

"巴尔杜，我们走，你送我回家，很荣幸吧。"

寂静。接着响起洛蒂对观众讲话的声音。

洛　蒂：……就这样，大家都走了。只剩下我和彼得，帕特丽霞也在那里，在这种情况下，我们仨都觉得很不自在。这并不是刚才我说的那种讨厌的感觉，当时我可能有点冲动。不是那样的感觉，而是一种客观上的不愉快，在这种情况下，气氛很冷漠、虚假，每个人都很尴尬。我们有一搭没一搭地聊几句，然后道别了，彼得把帕特丽霞放回冰箱。

　　和解冻时的声音一样，但顺序颠倒，速度也更快。叹息声、呵欠声，拉上包裹层拉链的声音。节拍器的声音再次响起，然后是气泵声、鸣笛声，等等。最后只剩下节拍器的声音，节奏越来越慢，渐渐隐没在节奏更慢的座钟声里。座钟分别敲响了一点、一点半、两点，这时可以听到一辆车驶近，停下，关上车门。远处有只狗叫了起来，鹅卵石路上响起脚步声，一扇窗开了，然后是木地板上的脚步声，吱吱嘎嘎的声响越来越近，冰箱门开了。

巴尔杜：（低声）帕特丽霞，是我！

帕特丽霞：（压低的、难以听清的声音）呜噜呜噜呜噜！

巴尔杜：什……什么？

帕特丽霞：（更清晰了一点）把包裹层剪开！

　　剪开包裹层的声音。

巴尔杜：好了。现在呢？需要我做什么？您得原谅我，我没什么经验，这是我第一次……

帕特丽霞：哦，大部分已经完成了，现在让我自己来解决吧。您只要帮我一把，让我从这里面出来。

　　脚步声。"慢点！""嘘！""这边走。"开关窗户声。砂石路上的脚步声。车门声。巴尔杜启动汽车。

巴尔杜：我们出来了，帕特丽霞。离开了冰霜，离开了噩梦。我感觉像在做梦，这两个小时，我都生活在梦里，真害怕自己醒过来。

帕特丽霞：（冷漠地）您送未婚妻回家了吗？

巴尔杜：谁，伊尔莎吗？对，我送她回家了。我已经和她分手了。

帕特丽霞：您说什么，分手？彻底分手吗？

巴尔杜：是的，而且没我想的那么难，她只是跟我吵了几句，都没掉眼泪。

　　停顿。车开了。

帕特丽霞：年轻人，别对我有看法。我觉得，是时候解释一下了。您得理解我：无论如何，我都要想办法离开那里。

巴尔杜：……您要的只是这样？只是要离开？

帕特丽霞：我要的只是这个：离开冰箱，离开托尔家。巴尔杜，我觉得应该向您坦白一件事情。

巴尔杜：光坦白不够吧。

帕特丽霞：我给不了您别的了，我要坦白的事，也不是什么好事。我真的太累了：冰冻，解冻，再冰冻，再解冻，长此以往，让人疲惫。此外还有其他原因。

巴尔杜：其他原因？

帕特丽霞：对，其他原因。那个男人夜里会来找我，把我的体温调到三十三度，刚刚温热，我完全没办法反抗。我没有出声，这事儿也没法说！他可能还想象着……

巴尔杜：小可怜，亲爱的，您一定受了不少苦！

帕特丽霞：真的很让人厌恶，您根本无法想象。简直是太烦了。

汽车的声音渐渐远去。

洛　蒂：……故事就这样结束。我当时已经明白了，那天夜里，我也听到了奇怪的声音。但我什么都没说，我为什么要报警呢？

　　我觉得，这样对所有人都好。巴尔杜真可怜，他把一切都跟我讲了：不光这些，好像帕特丽霞还向他要了一笔钱，不知道要去哪儿，寻找另一个与她同时代的男人。那人在美国，当然也是在冰箱里。至于巴尔杜，他是不是和伊尔莎复合了，没人在意，甚至连伊尔莎本人也不太在意。那台冰箱我们已经卖了。至于彼得，我们等着瞧。

铈

我是个搞化学的，在这里，我想写写自己和化学相关的事。我有另一段不同的经历，在其他地方已经讲述过了。

　　三十年过去了，现在我很难定义 1944 年 11 月的普里莫·莱维，或者说奥斯维辛 174517 号囚犯，是个什么样的人。从当时的状态可以推测，我肯定已经度过了最艰难的时期，适应了集中营的规则，像磨出了一层奇特的茧子。集中营里的每一天都弥漫着死亡的气息，而与此同时，还有一种激动和狂喜，因为俄国人正朝这里进军，离我们只剩下八十公里，解放的时刻越来越近了。在这种环境中，我不仅能生存下来，还有能力思考，记录周围的世界，甚至能写出相当细致的东西。那时绝望与希望反复交替，速度之快，可以在一小时内击毁任何一个正常人。

　　可是，那时的我们并不算正常人，因为我们饿极了。我们当时的饥饿与众所周知（也不那么让人讨厌）的饥饿感完全不同，不是落下一顿饭，但下一顿肯定能吃上的那种饿，而是一种渴求、一种空洞、一种发自内心的呐喊。这种饥饿感已经陪伴了我们整整一年，在我们身上深深扎下了根，带来了持久的影响。它占领了我们的每一个细胞，控制着我们的一举一动：吃东西，设法找吃的，这是我们的首要动力。其他的生存问题都远远排在后面，对家的怀念和对死亡的恐惧就更顾不上了。

我曾作为化学专家，在一家化工厂的化学实验室里工作（这一点之前也已经讲过了），为了弄到吃的，我从那里偷东西出来。一个人如果不是从小就偷东西，要学会偷窃并不容易。我花了好几个月才克制住良心的自责，掌握了一些必要技能。在某个特定的时刻，我（带着一闪而过的微笑，和一点满足的骄傲）意识到自己正在重生。我是那个循规蹈矩的小知识分子，就像那只著名的老实狗一样，经历着退化，同时也在进化。它是一只经过进化、进入到文明社会的狗，被流放到克朗代克①，在那里的"集中营"，为了活下去它成了一个贼。这就是《野性的呼唤》中了不起的巴克②。我像它一样，像狐狸一样偷窃，只要逮到机会就偷，但要狡猾精明，不能暴露自己。我什么都偷，除了同伴的面包。

没错，除了表面上那些可以偷来谋利的东西，这间实验室就像一块处女地，一切都有待探索。这里有汽油和酒精，但这些东西太普通了，偷起来也很麻烦，而且工厂里不少地方都有，很多人都能偷到。它们价钱很高，但风险也同样很高，因为液体需要用容器来盛。每个化学家都知道，包装是个很大的问题。永恒的天父对此也很了解，他用自己的方式解决了这一问题，创造出细胞膜、蛋壳、橙子皮，还有我们的皮肤，因为说到底，我们也是由液体构成的。但当时，我

――――――

① 加拿大西北部城市，气候恶劣，十九世纪末出现淘金热。
② 《野性的呼唤》(*The Call of The Wild*)，美国作家杰克·伦敦（1876—1916）所著小说，主角巴克是一只文明世界的狗，被卖到荒蛮严寒的北方，恢复野性。

并没有聚乙烯①，不然装这些液体就很方便了。聚乙烯又软又轻，一点都不透水，但也有点太不易腐蚀了。永恒的天父本身就是聚合的大师，但他并没有创造这种材料，这并非没有道理，他不喜欢不朽的东西。

由于缺少包装和容器，最好是偷一种固体，不易变质，不能太笨重，尤其得是个新玩意。它单价要高，体积不能太大，因为我们结束工作后，在营地的入口经常要搜身，而且最终还要有实用价值。不同的群体构成了复杂的集中营世界，偷的东西至少能满足集中营里某个群体的需要。

我在实验室作了各种尝试。我偷过几百克脂肪酸，是通过氧化石蜡得到的，我费了好大工夫才从另一方阵地的几个同事那里要来。我吃了一半，确实能充饥，但实在太难吃，让我放弃了卖掉另一半的想法。我试过用脱脂棉烙饼，把棉花压在电炉上烤，好像烤出来一股焦糖味，但样子太难看，我觉得卖不出去。至于把脱脂棉直接卖给集中营的医务室，我试过一次，但体积太大了，价格又很低。我还逼自己吞下了一些甘油，试图把它消化掉。我的理论基于一种过于简单的推断：甘油也是脂肪分裂的产物，因此肯定也能以某种方式参与新陈代谢，提供能量。或许它确实能提供能量，但有许多讨厌的副作用。

实验室的一个架子上，有个神秘的试剂瓶，里面装着二十几个坚硬而又无色无味的灰色小圆柱。瓶子上没有标签，真是太奇怪了，这可是德国的实验室。当然，俄国人离这儿

---

① 塑料的主要成分。

确实只有几公里了，灾难就要来临，几乎可以预见。每天都有轰炸，大家都知道战争就要结束了，但还有些一成不变的东西持续着，包括我们要忍受的饥饿。再说了，这是德国人的实验室，德国人永远不会忘记贴标签。实际上，其他试剂瓶都有清晰的标签，或是由打字机打印出来，或是用哥特式字体手写——唯独这个瓶子没有标签。

在当时的情况下，我既没有必需的设备，也没有安稳的环境，当然没办法测定这是什么东西。无论如何，我在口袋里藏了三根，晚上把它们带回了营地。它们长约二十五毫米，直径四到五毫米。

我把它们拿给我的朋友阿尔贝托看。他从口袋里掏出小刀，拿出一根试着切了一下——这东西很硬，刀刃切不动。他又试着用小刀刮表面，可以听到轻微的爆裂声，刀刃旁冒出一串黄色的小火星。这下就很好判断了，它们是铈铁合金，一般打火机里的火石就是这种材料。那火石怎么会这么大呢？阿尔贝托曾经在焊工队里当过几个星期的小工，他解释说，这些小棍装在氧乙炔管前端，是点火用的。这时，我怀疑自己偷来的东西能不能卖出去——或许它能用来生火，但集中营里根本不缺火柴（当然是非法的）。

为此，阿尔贝托训斥了我一通。对他而言，悲观放弃、灰心丧气都是可恶的行为，是一种罪过。他并不接受这个集中营世界，他用本能和理性去抵制它，不让自己遭到腐蚀。他品质善良，意志坚强，奇迹般地保持自由。这种自由也体现在言谈举止中——他从不低头，从不折腰。他的一言一行，每一个微笑，都透露出自由的光芒，像在密不透风的集中营里打开了一个窗口。他身边的所有人都能感受到这一点，就连和他语言不通的人也是如此。我相信在那里，没有别人能像他一样受人喜爱。

阿尔贝托训斥我：永远不要泄气，这样有害无利，不道德，也不体面。我偷来了铈，好，那就把它拿去卖，拿去推销。他来想办法，总能把它变成一种新玩意，卖个好价钱。普罗米修斯真是个傻瓜，把火白白送给了人类。他本来可以借此挣点钱，还能平息宙斯的怒气，免除秃鹫带来的折磨①。

我们必须更精明点。"必须精明"这个话题，我们之前也谈到过，阿尔贝托经常对我这么说。在他之前，我还在自由世界的时候，很多人也对我说过同样的话。时至今日，这种说法我已经听了无数次，但在我身上作用甚微，甚至还带来了相反的结果。我产生了一种危险的倾向，希望与真正精明的人合作共生，对方可以（或者觉得可以）从这种合作中得到物质上或精神上的好处。阿尔贝托就是一个理想的合作对象，因为他的精明不会伤害我。工厂里有个做打火机的秘密产业，一些不知名的技工，在空闲时间里做打火机，卖给集中营的重要人物和工厂民工。我不知道这件事，但阿尔贝托知道（他总是什么都清楚，虽然他不懂德语也不懂波兰语，法语也懂得很少）。那么，做打火机就需要火石，而且火石要符合特定的尺寸，我们得把手头的材料削薄。要削薄多少？怎么削呢？"这不难，"他对我说，"包在我身上，你去把剩下的都偷来。"

---

① 为惩罚盗火的普罗米修斯，宙斯派秃鹫每天啄食普罗米修斯的肝脏。

第二天，我遵从了阿尔贝托的建议，顺利地偷到了其他火石。上午十点左右，响起了空袭警报声。这已经不是什么新鲜事，但每次听到这种警报声，我们所有人都会感到那种直击内心深处的惊恐。它不像人间会有的声响，不是工厂里的那种汽笛声，音量巨大，在整个区域同时响起，而且带有节奏。它的音调先升高，尖锐得让人心痛，然后下降，像低沉的雷鸣。这警报声肯定不是随意设定的，因为在德国，没有什么东西是随意的。此外，这种声音与它的用途，实在太符合当下的情景了。我常想，可能是某个恶毒的音乐家创造了这种声音，在其中注入了怒火和泪水，融入了月光下的狼嚎和台风的呼啸——阿斯托尔弗 ① 的号角吹出的应该就是这种声音吧。这声音让人惊恐，不只因为它预示着轰炸即将来临，还因为它本身就很恐怖，像一只受伤的巨兽在倒地前发出的哀鸣。

在空袭面前，德国人比我们还要害怕。虽然这样想并不合理，但我们不怕轰炸，因为我们知道，那些炮弹不是朝我们来的，而是对准了我们的敌人。短短几秒钟之内，实验室里就只剩我一个人了，我把所有铈装进口袋，去空地上和我的劳动队会合。轰炸机的轰鸣声响彻天空，从飞机上撒下许多黄色传单，轻轻飘落，随风摇摆，上面印着嘲讽的恶毒言语：

Im Bauch kein Fett，　　肚里没油，

① 阿斯托尔弗为英格兰骑士，《罗兰之歌》《热恋的罗兰》《疯狂的罗兰》等骑士史诗中的角色，拥有声音巨大、能使敌人闻风丧胆的号角。

Acht Uhr ins Bett；　八点睡觉；

Der Arsch kau warm，　屁股刚热，

Fliegeralarm！　　　空袭就到！

　　我们无权进入防空避难所，于是就来到工厂周围，在没有建筑的空地上集合。轰炸开始时，我躺在结冰的泥地上，身下是稀疏的杂草。我摸着口袋里的小棍，思索着命运是多么奇特的东西，不管是我的命运，我们如秋叶般脆弱的命运，还是全体人类的命运。阿尔贝托说，一颗打火机火石能换一份面包，也就是一天的生命。我偷了至少四十根小棍，每根能做三颗火石。总共能做一百二十颗火石，这代表我和阿尔贝托两个月的生命。两个月之内，俄国人就能到，就会解放我们。可以说，最终是铈解救了我们。对于这一元素，我了解得很少，只知道它唯一的实际用途，还有它属于模糊又特别的稀土元素家族，它的名字和蜡没有半点关系 ①，也不是用于纪念这一元素的发现者，而是为了纪念（那时的化学家多么谦逊！）一颗名为谷神星的小行星，因为这一金属元素和这颗行星是在同一年，也就是 1801 年发现的。在炼金术中，元素与星球存在对应关系，或许它的命名，就是向这种对应关系热情又讽刺的致敬：就像太阳是金，火星是铁，那么谷神星就是铈了。

　　晚上，我把这些小棍带回了营地。阿尔贝托拿来了一块金属板，上面有个圆洞，这就是火石的直径，我们得把小棍

―――――

① 意大利语中，铈（cerio）与蜡（cera）拼写相似。

削成这种尺寸，才能把它们变成火石，换来面包。

至于怎么操作，就需要谨慎行事了。阿尔贝托说，这些小棍得用刀子刮细，要偷偷干，以防竞争对手泄露我们的秘密。什么时候干？在夜里。在哪儿干？在木棚屋里，用被子蒙着，坐在塞满木屑的草垫子上，也就是说，冒着引发火灾的危险，更现实一点，冒着被绞死的危险。因为所有在棚屋里擦燃火柴的人，都受到了这样的惩罚。

不论是自己还是他人的莽撞行为，取得不错的结果后，要评价它，人们总是会犹豫一下：可能这种做法也没那么莽撞？可能真有个保佑孩子、傻瓜、醉汉的神？或者还可能：与不计其数的失败者相比，那些成功者更受关注、更有热情，更愿意讲述他们的故事？但我们当时没有想这些问题，集中营让我们过于熟悉危险和死亡，冒着被绞死的危险多吃一口面包，在我们看来，这是完全合理的选择，甚至是显然的选择。

同伴们睡觉时，我们就用小刀干活，一夜接一夜地干。那场景阴暗得让人想哭，偌大的木棚屋里，只有一盏电灯发出微弱的光。棚屋像个宽阔的山洞，昏暗中能辨认出同伴的脸，这些脸因睡眠和梦境而扭曲，带着死亡的色彩。有人在磨牙，在梦里填饱肚子，很多人从铺沿垂下赤条条的胳膊或大腿，骨瘦如柴，另外一些人在呻吟或说梦话。

但我们两个还活着，没有向睡眠屈服。我们用膝盖把被子撑起来，在这个临时帐篷里刮那些小棍，什么都看不见，只能摸索着来，每刮一下，都能听到一声爆裂的轻响，看到一小串黄色的火星。在工作间隙，我们试试小棍能不能穿过作为参照的那个洞，如果不能，就接着磨；如果可以，我们就把磨细的小棍分成几截，小心地放到一边。

我们做了三晚，什么都没发生，谁也没有发现我们的动静，被子和草垫也没有着火。通过这种方式，我们换来了面包，一直活到俄国人来，把我们联系在一起的信任和友谊，也给了我们安慰。后来发生在我身上的事，在其他地方我已经写过了 [1]。战线逼近的时候，阿尔贝托和大多数人一起步行离开了，在冰天雪地里，德国人让他们日夜不停地走，走不动的人就杀掉。然后把他们赶上露天车厢，把少数幸存者送到布痕瓦尔德和毛特豪森集中营，开始一段新的奴役生活。这次行军的幸存者不超过四分之一。

阿尔贝托没有回来，也没有留下任何痕迹。战争结束后，他的一个同乡，半是捏造，半是欺诈，给阿尔贝托的母亲带来安慰她的假消息，以此索要钱财，就这样过了好几年。

---

[1]　后来莱维因病住进医务室，俄国人解放了集中营，莱维获救（见《这是不是个人》中《十天的遭遇》一篇）。其获救后回国的经历见《休战》（中译本为《再度觉醒》）一书。

钒

油漆本身是一种不稳定的物质，从它的用法就可以看出来。事实上，油漆在生产出来之后，在某个时刻，它会从液体变为固体，这种转变必须在正确的时间和地点进行，否则就会引发麻烦，带来糟糕的后果。有可能会发生这样的事情：油漆还存放在仓库里，但已经凝固了（我们简单地称其为"早产了"），那就只能丢弃；或者在合成反应的过程中，树脂在十吨二十吨容量的反应器里凝固，那真是很悲剧；还有一种情况，油漆涂好后却一直干不了，也会遭人笑话。因为油漆"干不了"，就像步枪射不出子弹、种牛不能让母牛怀孕一样可笑。

　　在油漆凝固的过程中，空气中的氧气参与了反应。氧气参与的诸多反应，不管是维持生命，还是带来毁灭，我们生产油漆的人只关注一件事情，就是它与某些油性分子产生反应，在它们之间牵线搭桥，织成一张紧密的网，油漆就成了固体。比如，亚麻油就是这样在空气中变干的。

　　我们工厂进口了一批用来生产油漆的树脂。这种树脂在常温下，只要暴露在空气里就会凝固，但这批货让我们很发愁。因为单独检验时，树脂能正常变干，但和某种（不可替代的）炭黑一起研磨后，它的凝固能力就会减弱，直到完全消失。我们库存里已经有几吨这样的黑色油漆了。我们做了很多尝试，但不论用什么方式调配，油漆涂上之后，都很黏稠，无法变干，像一张让人烦恼的粘蝇纸。

在这种情况下，我们会很谨慎，不会马上投诉供货方。供货方是"W"公司，一家颇有名望的德国大公司，二战后，盟国肢解了全能的法本公司①，"W"公司是前法本公司的主体之一。这些人在认错之前，会把自己的名望当作砝码，拖延时间，以让对手疲惫。可是，我们工厂与"W"公司的冲突在所难免：其他批次的树脂，加上同一批炭黑，调配后都表现正常；出错的树脂比较特别，只有"W"公司才能生产。而且我们公司已经签了供货合同，必须继续供应这种黑色油漆，不能误了规定的交货期限。

我给"W"公司写了封投诉信，义正词严地说明了问题的严重性。几天后，我收到了回信。那封信很长，写得文绉绉的，给了一些很显然的解决方法，其实那些方法我们已经试过了，并没有效果。信里还不厌其烦介绍了树脂氧化的原理，完全没有必要写。回信写得特别复杂、混乱，完全忽视了我们这边情况紧急，说到最要紧的部分，对方只提到他们在进行必要的检测。我们也别无他法，只好马上再订一批树脂，同时请"W"公司的人务必认真确认他们的树脂与那种炭黑的反应。

后来我又收到了一封信，这封信是和新订单的确认函一起寄过来的，差不多和第一封信一样长，和上封信一样，上面有 L. 穆勒的签名。和之前那封相比，这封信措辞谨慎，虽

① 全称"染料工业利益集团"（Interessen-Gemeinschaft Farbenindustrie AG），曾为德国最大的公司，二战时期在奥斯维辛的莫诺维茨集中营修建集中营工厂。

然有所保留，但已经开始承认，我们的抗议确实有道理，并给出了一个更可行的建议：出乎意料的是[①]，他们实验室里的"精英"发现，只要再加上千分之一环烷酸钒，之前出现问题的那批树脂就能恢复正常。当时，在生产油漆的领域，这种添加剂简直闻所未闻。这位陌生的穆勒博士请我们马上验证一下他们说的办法，要是确实有效，那就能让双方都避免跨国贸易争端带来的诸多麻烦，以及退运的不确定因素。

穆勒，在我曾经那段经历中，也有个叫穆勒的人。但这个姓氏再平常不过了，在意大利语里，这个名字对应的是"莫利纳里"，也是个很常见的名字。我为什么总去想这件事呢？虽然如此，我还是把那两封句子冗长、充斥着术语的信又读了一遍，感到内心很不安宁，依然放不下疑虑，就像心里有很多蛀虫在啃咬，让我没法放下这个问题。但怎么可能是他呢？叫穆勒的人，在德国可能有二十万个。别管他了，还是想想怎么解决油漆的问题吧。

……而后，我突然发现，第二封信里有个特别的地方，那是之前读的时候没有发现的东西："环烷酸盐（naphthenat）"这个词里的"phth"写成了"pt"，那肯定不是偶然打错了字，因为同样的错误出现了两回。在记忆中那个遥远的世界里，我和另一个穆勒见过几面，现在我脑子还病态地记得一个细节：好吧，我记得在那个充满寒意、希望和恐惧的实验室里，他说"β-萘胺（beta-Naphthylamin）"时，也把"phth"说成"pt"。

———

① 原文为德语，ganz unerwarteterweise。

当时俄国人已经打到门口了，盟军每天都发动两三次空袭，要炸毁布纳工厂。那里已经没有一扇完整的玻璃窗户，缺水，缺电，还缺蒸汽。但工厂接到命令，要开始生产橡胶，德国人的命令从来不容置疑。

我和另外两个化学专家囚犯一起待在实验室，就像罗马权贵从希腊买来的"有教养的奴隶"。在那种情况下，我们不可能正常工作，做了也没用：每次空袭警报响起时，我们把仪器拆开搬走，警报解除时，再把仪器装上。我们的工夫几乎全花在这上面了。但生产橡胶的命令是不容置疑的。时不时还会有视察员过来，在废墟和积雪里清出一条路，来到我们的实验室，检查一切工作是否按要求进行。有时来的是个纳粹党卫队的人，一副铁面无情的样子；其他时候是个本地的士兵，年纪很大了，像只耗子一样满脸惊恐；另外还有一个穿便衣的，他最常来，大家叫他穆勒博士。

他应该是个重要人物，所有人一见到他，就先行礼致意。他是个高大魁梧的男人，四十多岁，外表有些糙，并不像文化人。他只和我说过三次话，每次都很局促，好像他对什么事情感到羞耻似的，这在集中营里很罕见。第一次，我们只是谈工作上的问题（没错，就是关于萘胺①的剂量）。第二次，他问我为什么胡子这么长。我回答说，我们都没有剃刀，连手帕都没有，官方只允许每周一刮一次胡子。第三次见面，他给了我一张字条，上面用打字机写得清清楚楚，准许我每周四也刮一次胡子，还批准我从仓库②领一双皮鞋。他用尊

① 原文为 naptilamina，即前文提到的"萘胺"的错误拼写形式。
② 原文为德语，Effektenmagazin。

称问我："您为什么如此不安？"我那时用德语思考，得出的结论是："这人什么都没意识到。①"

　　我应该先干正事。我立刻联系之前熟悉的供货商，向他们要一份环烷酸钒样品，但我发现，这并不是件容易的事。因为公司一般不生产这种产品，只有接到订单，才会少量生产，于是我订购了一批环烷酸钒。

　　"pt"这个拼写习惯再次出现，我一下子激动起来。我发现，从集中营回来后，我最强烈最持久的渴望，就是和当时属于"对方的人"，面对面进行对质。德国读者的来信满足了我的一部分渴望，但我还不满意。那些信是一些素未谋面的人写的，他们只是表达了自己的懊悔，表示对受害者的支持。他们的信很真诚，但也空泛，我从中了解不到另一面，而且极有可能，除了情感层面，他们并没有真正参与那件事。而我期待的会面是另一种，这种渴望很强烈，甚至做梦都会梦到（用德语），就是见到一个之前在集中营管控我们的人。他们当时支配着我们，但从来不会直视我们的双眼，好像我们根本没有眼睛。我不是想报复，我不是基督山伯爵。我只是重新判断一下对方的态度，问一句"现在怎么样了？"如果这个穆勒就是我认识的那个人，那他并不是理想的"对手"。因为在某种程度上，他对我产生过同情，即使只有一瞬间，或许只是因为我们是同行。可能连这都算不上，可能他觉得我是"同事"与"工具人"的奇怪混合体，不管怎么说，也

———
① 原文为德语，Der Mann hat keine Ahnung。

算个化学专家。我来实验室工作，穿得太不体面 ①，但他周围的人甚至连这种感觉都没有。他不是个完美的对手，但我们都知道，完美只存在于故事里，而不是真实的生活中。

我联系了 "W" 公司的代表，我跟他关系不错，我请他小心调查一下穆勒博士：他多大年纪？什么长相？战争期间，他在干什么？不久我就收到了回复：穆勒的年龄和外表都与我记忆中的相符，他先是在施科保市工作，在那里学习制作橡胶的技术，之后就来到了奥斯维辛的布纳工厂。我拿到了他的住址，以私人名义，给他寄去了一本德语版的《这是不是个人》，并附上一封信，问他是否真的是奥斯维辛的那个穆勒，还记不记得 "实验室里的那三个人"。如果他还记得，那好。请原谅我忽然冒昧打扰，因为我不仅仅是一位担心树脂干不了的客户，也是实验室的那三个人之一。

我做好了心理准备，等待他的回信。与此同时，公司层面的书信往来还在继续，就像一座巨钟的钟摆，缓慢地来回摆动。在那些有关化学的公文书信里，我们谈到意大利生产的钒不如德国的好，希望对方尽快寄给我们一些样品，通过空运的方式，运来五十千克，并希望他们免费提供这些样品等等。在技术层面，看起来进展不错，问题正在解决。我们要怎么处理那批有问题的树脂，方案还并不明确：不知道是以折扣价保留下来呢，还是由 "W" 公司出运费退货，或者是要求仲裁。与此同时，我们按照惯例都说要诉诸法律，要 "通过法律手段解决 ②"。

---

① 原文为德语，Anstand。
② 原文为德语，gerichtlich vorzugehen。

私人层面的回复迟迟没有到来，这让我既恼火又疲惫，不亚于面对公司层面的争端。关于那个男人，我了解些什么呢？我一无所知。很可能，他已经抹去了一切痕迹，不管是有意还是无意的。对于他来说，我寄去的那本书，还有那封信是一种无礼的冒犯，让人厌恶，不怀好意地翻出已经沉淀的往事，有损"体面①"。他可能永远不会回信了。真可惜，他不是个完美的德国人，但真的存在完美的德国人吗？抑或是完美的犹太人？这只是抽象的概念，从整体概念到特殊个体，这个过程总是会带来令人兴奋的例外。一开始，对方没有清晰的轮廓，还没有完全成形，就像蛹一样，后来就清晰出现在你面前，可能一点点出现，也可能忽然间出现。他就成了"和你一样的人②"，有了厚度，有了生命，有一些神经质的动作、反常的行为和举动。已经过去了两个月，他应该不会回信了。真遗憾。

1967年3月2日，回信来了，信纸很高雅，印着哥特体抬头。这封信像是开场白，简短而谨慎。没错，布纳工厂的穆勒就是他。他读了我的书，认出了书里写的人和那些地点，他很激动。得知我活了下来，他很高兴，还问我"实验室里另外两个人"怎么样了。到此为止，没有任何奇怪的地方，因为这些我都在书里写到了。但他还问起戈德鲍姆的消息，我书中并没有提到这个人。他还写道，他利用这个机会，重新读了自己关于那个时期的记录。他希望我们可以将来见上一面，到时他很愿意向我讲讲他的记录。他说，见上一面

———

① 原文为德语，Anstand。
② 原文为德语，Mitmensch。

"对于我们都有好处，为了超越可怕的过去，这很有必要。[1]"最后他表明，在奥斯维辛遇到的所有囚犯中，他印象最深、记得最清楚的就是我，但这很可能只是一句奉承。从他写信的语气，尤其是提到"超越"的那句话，可以看出，这个人似乎期待我有所表示。

现在轮到我回信了，我觉得有些尴尬。你看，这件事已经成了，对手落入了圈套，就站在我面前，和油漆厂的同事几乎没什么两样。他像我一样，用有抬头的信纸写信，甚至还记得戈德鲍姆。他的形象还很模糊，但显然，他想从我这里获得宽恕，因为他有一段需要超越的过去，而我没有。我在他那里买了一批不合格的树脂，只是希望他能减价。情况很有意思，但并不寻常，不完全符合罪人面对审判官的情景。

对我来说，首先要考虑的是：我要用什么语言写回信呢？当然不能用德语，我会犯一些可笑的语法错误，而我当时的角色不允许这样的情况发生。还是在自家的阵地上比较好，于是我用意大利语回信，我写道：实验室的另外两个人已经死了，我不知道他们在什么地方，是怎么死去的。戈德鲍姆也死了，他在撤离集中营的路上死于寒冷和饥饿。至于我，通过我寄给他的书，还有关于油漆的公司书信往来，主要的情况他应该已经知道了。

我有很多问题想问他，不管是对他，还是对我来说，这些问题都太多，太沉重了。为什么会有奥斯维辛集中营？为什么会有潘维茨博士[2]这样的人？为什么要把孩子送进毒气

---

① 原文为德语，im Sinne der Bewältigung der so furchtbaren Vergangenheit。
② 《这是不是个人》的《化学考试》一章中对莱维进行化学考试的人。

室？但我觉得，还不是越过某些界限的时候，于是只问他，是否接受我书中说的那些话，我或明或暗做出的判断。他是否认为，法本公司有意利用集中营的奴隶劳工，他当时是否知道，离生产橡胶的布纳工厂只有七公里的地方，奥斯维辛的"设备"每天要吞噬上万条生命。最后，既然他提到了"关于那段时期的记录"，能不能寄一份给我呢？

我没提见面的事，我对此很害怕。不需要找什么委婉的说法，也用不着说成羞怯、厌恶或是顾虑。害怕，就是最精确的说法：正如我觉得自己不是基督山伯爵，我也不是荷拉斯，或古里茨亚 ①。我觉得自己不能代表奥斯维辛的死者，认为穆勒是刽子手代表，这也不明智。我了解自己：我没有论战的能力，把他当作对手，会让我分心。我对他感兴趣，更多的是出于对另一个人的兴趣，而不是把他看成对手。我准备好听他讲述，甚至还可能会相信他。愤怒和判断力在事后才会出现，但已经没什么用了。我觉得，我们继续写信交流就好。

穆勒在公司层面给我写了回信，说五十公斤货物已经寄出，"W"公司相信，我们的问题可以通过协商，友好解决等等。几乎是同时，我期待的那封信也送到了家里，但内容却在我的意料之外。那不是一封典型的信，不能当作范例。如果这个故事是虚构的，在这种情况下，我收到的信就只有两种可能：要么谦卑温暖，充满基督教精神，来自希望赎罪的德国人；要么高傲冰冷，蛮不讲理，来自顽固的纳粹分子。

---

① 传说公元前 7 世纪，罗马与阿尔巴隆加发生战争，双方各选三名勇士决斗以定胜负。代表罗马的勇士是荷拉斯三兄弟，代表阿尔巴隆加的勇士是古里茨亚三兄弟。

然而，这个故事并非虚构，现实总是比想象更复杂：少了整齐圆滑，多了一分粗糙，而且通常有不止一个层面。

这封信一共有八页纸，还附了一张照片，看到照片时我吃了一惊。照片上的面孔就是**那张**脸：他老了，摄影师运用专业技巧把他拍得很高贵。我似乎又听到头顶上响起那句心不在焉、随口说出的关心："您为什么如此不安？"

从这封信中可以明显看出，写信者并不高明：语言浮夸，无法做到真诚，常常偏离主题，或是夸大其词，说些赞美的话，希望感动人，又爱卖弄学问，处处都很别扭。根本不能用一个总体的评价来概括这封信。

他把奥斯维辛事件归因于"人"，而对人不加区别。他对此很悲痛，但从我那本书里写到的其他人身上，他得到了安慰，比如阿尔贝托、洛伦佐，"在他们面前，夜晚的武器也会失去锋芒。"这句子是我写的，但从他嘴里说出来让我觉得很虚伪，也很不合时宜。他讲述了自己的故事：一开始，社会上对希特勒的专制很狂热，他也受到了影响，"在这种狂热的推动下"，他加入了一个国家主义学生团体，不久之后，这个团体就归入了纳粹冲锋队 ①。后来，他退出了组织，并评论说"当时退出，也是有可能的"。战争时期他应征入伍，成了防空兵，直到那时，在城市的废墟间，战争才让他感到"羞愧和愤怒"。1944 年 5 月，他得到了化学师资格证（就像我一样！），被派到施科保市，在法本公司的工厂里工作，奥斯维

---

① 纳粹冲锋队（德语：Sturmabteilung），缩写为 SA，希特勒于 1923 年创立的武装组织，也称褐衫队，创立初期负责维护党内秩序、破坏其他党派集会和革命运动。

辛的工厂就是那家工厂的扩大版。在施科保，他培训了一些乌克兰姑娘做实验室的工作。这群乌克兰姑娘我在奥斯维辛也见到了，我还不明白，她们为什么和穆勒博士这么熟，当时觉得很奇怪。1944 年 11 月，他和那群姑娘来到了奥斯维辛——这个地方在当时没有任何特别的含义，对他来说如此，对他认识的人来说也是如此。不论如何，他刚到的时候，技术负责人（可以推测是福斯特工程师）和他见了一面，简短地作了介绍，告诫他："布纳工厂的犹太人只能干最低贱的活，不许同情他们。"

他被派到了潘维茨博士那里，做他的手下。就是这位潘维茨让我参加了一场奇怪的"国家考试"，以检验我的专业能力。穆勒对他的上司评价很不好，他明确告诉我，潘维茨在 1946 年死于脑瘤。当时，穆勒是负责组织布纳工厂实验室的人，他宣称自己对那次考试一无所知，是他选定了我们三位专家，尤其是选择了我。要是这么说，我能幸存，还多亏了他，这不大可能，但也不能说，完全不可能。他还宣称，他曾经和我有一种几乎平等的朋友关系，和我讨论过科学问题，在那样的环境下，他思考过"哪些属于人类的珍贵价值，被另一些人出于纯粹的恶意毁灭"。我不仅不记得任何此类谈话（我说过，那段时间我的记忆力非常好），只要设想一下当时的情况，就可以判断他说的完全不现实：当时，一切都在瓦解，人与人之间充满怀疑，我又处于生死疲劳。只能说，穆勒的描述纯属事后想象，只有这样，才解释得通。也有可能，这些事他已经对很多人讲过了，却没有想到，这世上唯一无法相信此事的人就是我。可能他出于好意，为自己构建了一个更容易接受的过去。他不记得关于胡子和鞋的事了，记住的却是其他类似的事，在我看来，这也可以接受。后来，他知道我得了猩红热，尤其是知道所有囚犯都要步行撤离时，很担心我能不能活下来。1945 年 1 月 26 日，党卫军派他加入人民冲锋队①。这支混乱的军队，由之前未服兵役的人、老人、孩子组成，试图阻挡苏联人的进攻。但幸运的是，前面提到的技术经理救了他，准许他逃回后方。

对于我提的关于法本公司的问题，他直截了当给出了肯定回答。他知道，工厂里的工人是囚犯，但这只是保护囚犯的方式。他甚至认为（真是难以置信），整个布纳-莫诺维茨工厂，占地八千平方米的巨型设备，这些都是为了"保护犹太人，让他们活下来"才建造的，而不许同情犹太人的命令是"一种伪装"②，一种掩饰。"原则上不存在"③，他完全没有指责法本公司。不管怎么说，他还是"W"公司的员工，法本就是 W 公司的前身，他总不会砸了自己的饭碗。在奥斯维辛工作的短暂时间里，他"从来没有发现任何残害犹太人的事情"。他的说法自相矛盾，让我觉得自己受到了冒犯，但这并不让人意外。那时候，大多数德国人都保持沉默，学会了让自己知道尽可能少的真相，越少越好。他们都不问问题，显然他也是这样。天气好的时候，从布纳工厂，可以看到焚尸炉冒出的烟，即便这样，他也不愿向任何人寻求解释，也

①　1944 年 9 月由希特勒下令组建，由 16 岁至 60 岁未服兵役的男性组成，是纳粹德国最后的军事力量。
②　原文为德语，eine Tarnung。
③　原文为法语，Nihil de Principe。

不想给自己一个解释。

　　德国快要完全溃败的时候，他被美国人抓住了，在一个关押战犯的营地里关了几天。他讥讽说，那是个"原始的地方"。就像我在实验室遇到他时一样，直到写下这封信，穆勒依然对集中营"一无所知"[1]，他在1945年6月底回到家。我问他要的记录，主要内容就是这些了。

　　他认为，我的书超越了犹太文化，将"爱你的仇敌"这一基督教规训付诸实践，证明了我对"人"的信任。最后他坚持说，我们有必要见一面，在德国或是意大利都可以。他已经准备好来找我了，时间地点都由我决定，不过他更倾向在利古里亚海岸见面。两天后，我在公司也收到了"W"公司的信，这当然不是偶然，除了落款相同外，它和那封私人信件的日期也一样。这封信语气温和，表示他们已经认识到了自己的错误，愿意接受我们的任何提议。他们解释说，有的坏事也能带来好的结果，通过这次事故，他们了解到环烷酸钒对树脂的作用，从今以后，他们将把这种物质直接加进树脂里，对所有客户都一样。

　　我能做什么呢？穆勒已经"现了原形"[2]，他破茧而出，清清楚楚出现在眼前。他既非无耻之徒，也不是英雄。无论是出于善意还是恶意，他在信里浮夸卖弄，编造谎言。如果我们把这些都过滤掉，就会看到他的灰色形象，是人的典型样本，是瞎子王国里众多的独眼人之一。他盛赞了我，言过其实地说：我能做到爱自己的敌人。但事情并不是这样，即

―――

① 原文为德语，keine Ahnung。
② 原文为德语，entpuppt。

便很久之前他给过我一些特权，即便他不是一个完全意义上的敌人，但我并不爱他。我不爱他，也不想见到他，虽然我还是有些尊敬他：当个独眼人也不容易。他不是那些装聋卖哑、玩世不恭，对各种事情充耳不闻的人。他没有得过且过，他在和自己的过去做清算，但账目却对不上，为了账目能对上，他可能耍了点手腕。但对于一个加入过纳粹冲锋队的人，还能苛求他什么呢？我可以拿他和其他人进行对比，我经常在沙滩上，或是工厂里，见到其他诚实的德国人，但他还是占了上风。他对纳粹主义的批评怯懦又委婉，但没有试图辩解。他寻求一场对话，因为他还有良知，并且想办法不让自己受到良心的谴责。在第一封信里，他提到"超越过去"，"与过去和解"[①]，后来我才知道，这是一种固定说法，是当今德国的一种委婉语，通常的理解是"纳粹主义的救赎"。但这个说法中含有"walt"这个词根，在德语里，也可以组成一些其他词，比如"统治""暴力""强奸"。我相信，要是把这个表达理解为"对历史的曲解""对过去的强暴"，与它深层的含义倒是很近。但即使像这样，躲藏在陈词滥调里，也好过很多德国人的迟钝表现。穆勒想超越过去，他的努力很笨拙，有点滑稽，让人愤怒，也让人难过，但还算体面。他不是曾经给了我一双鞋吗？

等到星期天，忙完了其他事，我忐忑地准备给他写一封尽可能真诚、公正、恰当的回信。我这样打了草稿：感谢他让我进入实验室。我已经准备好原谅敌人，甚至可能爱他们，

---

① 原文为德语，Bewältigung der Vergangenheit。

前提是：他们要有悔过的表现，当他们不再是敌人时，我才会原谅他们。在相反的情况下，如果敌人拒绝悔改，而是坚持给他人制造痛苦，这种人当然不能原谅。我们可以试着拯救他们，也可以（或者说必须）和他们对话，但我们的任务是审判他们，而不是原谅他们。至于如何具体评判穆勒的行为，这也是他明确提出来的，我谨慎地提起了他的两位德国同事，相比之下，这两位同事比他要勇敢得多。我承认，不是所有人生来都是英雄，如果世界上**所有人**都像他这样诚实，但不作为，那这个世界还可以忍受，但这不现实。现实世界里有拿着武器的人，他们建立了奥斯维辛，而那些诚实而软弱的人正为他们铺平了道路。因此奥斯维辛的悲剧，每个德国人都难辞其咎，甚至可以说，每个人都有责任。在奥斯维辛之后，不允许再有不作为的人。关于在利古里亚海岸见面的事，我只字未提。

就在这天晚上，穆勒从德国给我打来了电话。这次通话干扰很大，听不清楚，此外我也很难听懂电话里的德语了。他声音断断续续，说话很艰难，语气很激动。他说六周之后，圣灵降临节①，他会来菲纳莱利古雷②，我们可以在那里见面吗？这问题很突然，我没来得及仔细考虑就答应了他。我请他确定一下到达的具体时间。我把写好的草稿放到一边，那封信已经没用了。

八天后，我收到了穆勒太太的消息，得知洛塔尔·穆勒博士意外离世，享年六十岁。

---

① 基督教（天主教）宗教节日，在复活节后五十天，庆祝圣灵降临在使徒身上。
② 利古里亚海岸城镇。

犹太人的王

从奥斯维辛回来后，我在衣服口袋里发现了一枚奇怪的合金硬币：很轻，样子就是图片中的样子。硬币布满划痕，已经有些腐蚀了，一面是犹太星（大卫之盾）的图案，铸造年份是1943年，地点是"犹太人区"。犹太人区这个词，在德语里读作"盖多"，硬币一面刻着"10马克"，另一面是"利兹曼施塔特犹太长老"。很多年来，我都没有留意过它，有段时间，我把它放在零钱包里，或许无意中把它当成了幸运符，后来我把它放在了一个抽屉里，逐渐遗忘。最近，我从各个方面得到了一些新消息，这让我可以了解这枚硬币的故事，至少是一部分来龙去脉。这是一个不同寻常的故事，很迷人也很邪恶。

在如今的地图册里，这座名为"利兹曼施塔特"的城市

已经不存在了。但有一位名为利兹曼的将军，在德国挺有名的，1914年，他在波兰的罗兹市突破了俄国人的防线。在纳粹统治时期，为了纪念他，罗兹市改名为利兹曼施塔特市。在1944年最后几个月，罗兹犹太人区的幸存者被运送到了奥斯维辛。我肯定，我是刚解放时，在奥斯维辛集中营的地上发现了这枚硬币。当然不可能是解放前，因为那时我们身上无法保留任何东西。

1939年，罗兹市有大约七十五万居民，是波兰工业化程度最高的城市之一，是最"现代"也最丑陋的城市，靠纺织业为生。它像曼彻斯特和比耶拉一样，受制于城市里大大小小的工厂，当时这些工厂大部分已经落伍了，是德国人和犹太人在几十年前建立的。纳粹占领了重要的东欧城市之后，会很快建立起犹太人区，罗兹市也不例外。他们恢复了中世纪和天主教改革时期犹太人区的制度，并利用现代技术，变本加厉，让那里的处境变得更糟。罗兹犹太人区在1940年2月就已建成，是最早的隔都。这里容纳了超过十六万犹太人，人数上仅次于华沙的犹太人区。它还是纳粹建立的犹太人区里存在时间最长的，直到1944年秋天才解散。这要归结于两个原因：它对德国人的经济有一定意义，另一个原因，是犹太人区主席让人不安的个性。

该主席名叫哈伊姆·卢特考斯基，曾和别人合伙开了家绒布工厂，生意失败后他去了几趟英国，可能是为了找他的债权人协商。后来，他在俄国定居，通过某些手段又富裕起来。俄国十月革命毁了他的生意，1917年，他重返波兰罗兹城。1940 年，他已经年近六十，两次丧妻，膝下无子。他是犹太慈善组织的领导，大家都认识他，他是个精力充沛、愚昧、专制的人。犹太区主席（或者说长老）这一职位本身很可怕，但总归是个职位。它代表一种成就，能提高地位，带来权力，那时卢特考斯基热衷于权力。他是如何获得这一职位的，我们不得而知。可能是因为纳粹党的一个恶毒玩笑（卢特考斯基是个傻瓜，但看起来像个正经人，总之，他是理想的玩弄对象），也可能是为了得到这一职位，他玩了一些手腕，反正他对权力的渴望一定很强烈。

　　事实证明，他管理，或者说独裁统治犹太区的四年，营造了一个光怪陆离的世界，其中混杂着狂妄的美梦、野蛮的力量，还有实实在在的外交和管理能力。他当上主席不久，就觉得自己是个专制而又开明的君主，当然是他的德国主子把他推上这条路的。德国人虽然拿他取乐，但也欣赏他行政管理和发号施令的能力。卢特考斯基从德国人那里获得了铸币的权利，既能铸金属硬币（就是我手里的那枚硬币），也能印纸币。印纸币的纸张由官方提供，上面有水印。作为工钱，这些钱币被付给犹太人区里疲惫不堪的工人，他们用这些钱可以在杂货店里买到他们平均每天八百卡热量的食物配给。

　　卢特考斯基拥有一群杰出的艺术家和工匠，他们饥肠辘辘，为了得到一小块面包，时刻准备着为卢特考斯基效力。卢特考斯基让他们绘制并印刷了带有自己肖像的邮票，图片上他须发皆白，沐浴在希望和信仰的光辉里。他还有架马车，拉车的是匹骨瘦如柴的驽马。卢特考斯基乘马车，在自己的微型王国里巡游，穿行在满街的乞丐和请愿者之间。他身披一件国王斗篷，身边围着一群马屁精、奴才走狗、杀手刺客，这就是他的小朝廷。他要求这些宫廷诗人为他写赞歌，赞颂他"果断而有力的手腕"，犹太区的和平与秩序都归功于他。很多人死于饥饿，德国人又时常来抢掠，学校越来越少。在那些悲惨的学校里，他命令孩子们写作文，歌颂和赞美"我们敬爱的、有远见卓识的主席"。就像所有独裁者一样，他抓紧组织起高效的治安系统，名义上是为了维持秩序，实际上是为了保护自己的人身安全，强制推行他的纪律。警察局有六百名配有短棍的警员，还有数目不详的暗探。他发表了很多次演讲，其中一部分保存了下来，他的演讲风格很独特，采用了（深思熟虑？有意识地？还是无意识按照当时欧洲盛行的榜样，把自己看作天选之子、"不可或缺的英雄"？）墨索里尼和希特勒的演说术，利用煽动人心的表演，假装与人群对话，通过精神控制和掌声来取得赞同。

然而，说到这里，他的形象似乎要更复杂一些。卢特考斯基不仅仅是叛徒和帮凶。在某种程度上，除了让别人信服，他本人也一定渐渐相信自己就是"mashíach"：弥赛亚，人民的救世主。在某些瞬间，他肯定想过维护人民的利益。荒谬的是，在压迫者的身份之外，还同时存在着，或者可能交替存在着，他被压迫者的身份。正如托马斯·曼所说，人是一种混乱的造物。我们可以加一句，尤其是处于高压之下，人会变得更混乱：那就像磁极上的指南针一样，疯狂乱转，不能用普通的标准来评判他。

即使被德国人鄙视和嘲弄，有时还会挨打，但卢特考斯基可能觉得自己不是奴仆，而是主子。他一定是把自己的权力当真了：当盖世太保连声招呼都没打就夺走了"他的"几名"大臣"时，卢特考斯基勇敢地跑去帮助他们。他用高贵的姿态忍受侮辱，遭到了纳粹的嘲弄，还有无情的耳光。在其他情况下，他也试图与德国人讨价还价，比如德国人总是要求他的奴隶纺织工生产更多布匹，要求他交出更多无用人口（老人、病人、孩子）、把他们送往毒气室。他的臣民暴动时（就像其他犹太人区一样，罗兹城内也有一些顽强无畏的政治抵抗中心，源自犹太复国主义或共产主义），他也表现了同样的果断，迅速进行镇压，这与其说是对德国人的顺从，不如说是出于对"抗君之罪"的愤怒，国王地位遭到侵犯时采用的铁腕。

1944 年 9 月，苏联军队正在逼近，纳粹开始清理罗兹市的犹太人区。那时有成千上万的犹太人捱过了饥饿、疾病、沉重的劳动，最后却要被运送到奥斯维辛——"世界肛门"①，德国世界最后的下水道，最后几乎都死在了毒气室。只有一千人左右留在了犹太人区，负责拆除和销毁那些珍贵设备，抹去屠杀的痕迹。不久后，苏联红军解放了这些人，也多亏了那些被解救的人，才有了这里讲述的大部分信息。

哈伊姆·卢特考斯基的结局有两个版本，他生前的身份就模糊不清，这好像也影响了他的死亡。第一个版本是，在清理犹太人居住区的过程中，卢特考斯基不想与弟弟分离，试图反对德国人将弟弟带走。于是有个德国军官建议他自愿

———
① 原文是 anus mundi。

和弟弟一起被带走，卢特考斯基接受了这个提议。根据第二个版本，可能是汉斯·比伯救了卢特考斯基，让他免于一死，而这位汉斯·比伯的存在也是疑云重重。这位可疑的德国企业家是犹太人区的行政官员，同时还是个包工头。犹太人区的工厂服务于德国军方，他的任务重要而微妙。比伯不是个凶残的人，他不想制造痛苦，不想因为犹太人的种族原罪惩罚他们，他只是想通过供货赚钱。他要压榨犹太人区的劳工，但仅仅是以间接的方式。他希望奴隶工人能好好干活，不希望他们死于饥饿，他的道德感仅限于此。实际上，他是犹太人区真正的主人，他与卢特考斯基之间的关系就像订货人与供应商，这种关系通常会带来一种粗浅的友谊。比伯是个小豺狼，太过玩世不恭，根本没把种族妖魔化言论当回事。他不愿意放弃这门好生意，他希望推迟犹太人区的瓦解，也希望保护自己的朋友兼合伙人卢特考斯基，让他不要被带到集中营。从这里可以看出：现实主义者通常要好过理论家。那些党卫军理论家的看法与比伯相反，他们更强势，态度相当激进：消灭犹太人区，消灭卢特考斯基。

比伯也没有别的办法，他有不少熟人，他给卢特考斯基要去的集中营的指挥官写了封信，密封好交给卢特考斯基，让他相信，这封信会保护他，他会得到特别照顾。卢特考斯基向比伯提出要求，希望体面地前往奥斯维辛，不失自己的身份地位。他的要求得到了满足，也就是待在一节特别车厢里，挂在军用列车末尾，而前面的货运车厢里，挤满了没有特权的流放者。但落到德国人手中的犹太人，不论怯懦还是英勇，谦逊还是高傲，命运都只有一个。不管是那封信，还是那节车厢，都没能让哈伊姆·卢特考斯基——犹太人之王，免除进奥斯维辛毒气室的命运。

这样的故事，并不是一个单独存在的故事。它包含着很多其他故事，它会抛出很多问题，却没有给出足够的解答。它在呐喊着，要求解释，让人们隐约可以看到一个征兆，像在梦里或在天上看到的启示。但要解读这个故事，却并不容易。

卢特考斯基是什么人呢？他不是怪物，但也不是平常人。他像很多人，像很多饱受挫败的人一样，尝到一点权力的滋味就沉醉其中。在很多方面，权力就像毒品：在尝试权力之前，人们对它并没有需求，一旦意外接触，只要开了头就开始"上瘾"，产生依赖，需要不断加大剂量。成瘾之后，他就会抗拒现实，沉迷于自己童年的美梦，觉得自己无所不能。如果说卢特考斯基中了权力之毒，这一假设成立的话，就要承认，即便在犹太人区的环境中，也产生了这种毒害，这事并非偶然。这种毒性如此强大，甚至在这种几乎消灭了一切个人意愿的环境中，它还能占上风。事实上，长期绝对的权力引发的综合征，从他身上看得很清楚：扭曲的世界观、固执己见的傲慢，疯狂地抓紧发号施令的权柄，认为自己凌驾于法律之上。

这一切并不能让卢特考斯基开脱，让他免于承担罪责。卢特考斯基这个人的存在，就是一种痛苦和灾难。假如他从生活的悲剧中幸存，在犹太区的悲剧命运中保住性命，但很可能没有法庭会赦免他，作为傀儡，他的小丑形象凌驾于犹太区之上，产生了巨大的毒害，当然我们在道德层面上也不会宽恕他。但也有一些情有可原之处：一种地狱般的秩序，也就是纳粹的国家社会主义的秩序，有种可怕的诱惑力，让人难以抗拒。它并不会把受害者变成圣人，而是腐蚀他们，让他们堕落，变得和自己相似，塑造出大大小小的共犯来保护自己。要抵御这种诱惑，需要有强硬的道德感和骨气，但罗兹市商人哈伊姆·卢特考斯基，他同时代的人骨头都太软。他的故事让人难过，也让人不安，他和许多集中营的头领、后方的党魁，以及那些任何文件都要签字的官员的故事很类似：有些人表面上摇头，却又默许一切，有人说"要是别人在这个位子上，会比我更糟"。

这在极权统治中很典型，权力自上而下，是上级赋予的，而没有任何批评的声音，能从下向上传达，这会让人判断是非的能力减弱，在纯粹的恶和受害者之间，产生了一个良知的灰色地带，卢特考斯基就处于这个地带。他更接近哪一边，靠上还是靠下，这很难说：要是他能说话，就只有他本人向我们澄清了，可能他还会说谎，就像他一直以来那样。但这会帮助我们理解他，就像每个被告都会帮助法官理解案情，即使这并非他所愿，即使他在说谎，因为人扮演另一个角色的能力是有限的。

所有这一切，都无法解释这个故事让人感到的急迫性和威胁。或许它有不同的、更加广阔的含义。卢特考斯基像一面镜子，所有人在他身上都能看到自己的影子。他的暧昧性也属于我们，我们都是有灵魂的泥土；他的狂热也属于我们，就是我们西方文明"敲锣打鼓走下地狱"的疯狂；而他可悲的浮华外表，也是我们社会身份地位的讽刺画。他的疯狂正属于伊莎贝拉在《一报还一报》中描绘的自负，但终有一死的人类：

> ……骄傲的世人掌握到暂时的权力，
> 却会忘记了自己琉璃易碎的本来面目，
> 像一头盛怒的猴子一样，
> 装扮出种种丑恶的怪相，
> 使天上的神明因为怜悯他们的痴愚而流泪。[①]

就像卢特考斯基，我们也被权力和金钱迷惑了双眼，以致忘了我们的本质多么脆弱，忘记了我们都在"犹太人区"里。这个区域是有围墙的，而围墙外是掌握着生死大权的人，火车也正在不远处等着。

[①] 《一报还一报》为莎士比亚所著戏剧，本段节选自朱生豪译本。

不可抗力

M 先生步履匆匆，因为他要赴一个重要约会，要去见一位图书馆馆长。他对那片城区不熟悉，就向一位行人问了路。那人指给他一条又窄又长的巷子，巷子地面上铺着鹅卵石。M 先生进了小巷，走到一半时，看见对面有个健壮的小伙子朝他过来。小伙子穿着背心，可能是个水手。M 先生很窘迫，他发现巷子没有任何一处开阔的地方，没有门洞可以让他躲一下。两人狭路相逢，就算 M 先生很瘦小，也免不了令人不快的身体接触。水手吹了声口哨，M 先生听到他背后传来一声狗叫，然后是爪子刨地和激动的喘气声：那条狗肯定坐在地上等着呢。

　　两人都继续向前走，一直走到面对面站住了。M 先生靠在墙上，把路让开，但对方却没侧身通过，而是停下脚步，叉着腰，把路完全给堵住了。那人的表情并不凶恶，似乎只是在安静地等待着。M 先生听到了那只狗低沉的咆哮声，那一定是只大型犬。M 先生向前走了一步，而对方把手撑在两边的墙壁上，停在那里。短暂的停顿之后，水手的两只手掌心朝下，做了个动作，像是抚摸一条长长的脊背，或是抚平水面的波纹。M 先生不解其意，就问："您为什么不让我过去呢？"但作为回应，对方只是重复这个动作。可能他是个哑巴、聋子，或者听不懂意大利语？但就算果真如此，他也该明白，毕竟事情没那么复杂。

那个水手毫无征兆地取下了 M 先生的眼镜，塞进了他的衣袋里，然后朝他肚子打了一拳：打得不是很重，但 M 先生大吃一惊，后退了好几步。他从没遇到过类似的情况，就算是年轻时也没有过。但他记得马丁·伊登，还有他与"奶酪脸"①之间的冲突，他读过《埃托罗·费拉莫斯卡》《热恋的罗兰》《疯狂的罗兰》《被解放的耶路撒冷》《堂吉诃德》，记得克里斯托弗洛神甫②的故事，也看过《蓬门今始为君开》《正午》和无数其他电影，所以他知道，这一刻迟早也会降临到他头上：所有人都会遇到这种事情。他试着鼓起勇气反击，打出一记直拳，但惊异地发现，自己的手臂太短，根本就碰不到对手的脸。那人把手按在他的肩膀上，不让他靠近。于是他低下头去撞击水手，这不只是尊严和荣誉的问题，也不仅仅是为了通过这里，此时此刻，对于他来说，打开一条路已经成了至关生死的问题。年轻人双手抓住 M 先生的头，把他推开，M 先生因为近视，隐约看到那人的双手重复了几次那个动作。

M 先生想到，自己也可以出其不意，发动进攻。他从来没真正打过架，但他记得在书本里读到过类似的内容，脑海中闪现出在遥远的过去，他三十年前读过的一句话。这句话出自一本描写蛮荒北部的小说："如果你的对手比你强大，就

———

① 两者都是杰克·伦敦小说《马丁·伊登》(1909) 小说中的人物，小说中马丁·伊登回忆起自己小时候和一个绰号叫"奶酪脸"的同学干的一架。
② 意大利作家亚历山德罗·曼佐尼长篇小说《约婚夫妇》(1827) 中的人物，受到了恶霸的威胁。

降低重心，用整个身子撞他的腿，砸他的膝盖。"M先生后退几步，助跑，弓下身子，像皮球一样，撞向水手粗壮的双腿。那人满脸惊异向下伸出一只手，单手就抓住了M先生，拽着他的胳膊，毫不费力把他拎起来。然后水手又重复之前那个动作：手心朝下，似乎在抚摸着什么。这时那只狗已经走近了，在M先生的裤腿上嗅来嗅去，充满威胁。M先生听到背后传来干脆、响亮的脚步声：那是个衣着惹眼的姑娘，可能是个妓女。她经过那只狗、M先生、水手，像完全没有看到他们一样，消失在巷子深处。在此之前，M先生都过着平常的生活，经历着欢乐、无聊、痛苦，有成功也有失败，而现在他体会到一种从未有过的感觉：一种不可抵抗力的欺压，一种绝对的无力感，他无法逃脱，也没有任何补救的方法，除了屈服，别无选择。或者还可以选择死亡——但为了走过一条小巷失去生命，有什么意义呢？

这时，水手按着M先生的肩膀往下压：他的力气真是非同寻常。M先生不得不跪在鹅卵石地面上，但对方还在用力向下压。M先生感到膝盖难以忍受的剧痛，他想让脚后跟承担一部分重量，但这样的话，他就得身子再低一点，并且向后倒。水手不再向下压他，而是顺势斜推着他，于是M先生就坐到了地上，双臂撑在身后。这种姿势更加稳定，但现在M先生的位子更低了，对方施加在他肩上的压力也随之更重了。一开始M先生挣扎着，但抵抗没有什么用处，他后来用胳膊肘支撑身体，到最后只能平躺在了地上。但膝盖还是弯曲着，高高耸起，至少膝盖还没有倒下，它们是坚硬刚强、难以战胜的硬骨头。

年轻人叹了口气，像是现在做的事情很需要他的耐心。他抓住 M 先生的脚后跟，一次一边，向下按他的膝盖骨，让两条腿伸直平放在地上。M 先生想：这就是他刚才动作的意思。这个水手要他马上躺下，不允许抵抗。水手发出一声短促的命令，让狗退到一边，脱下脚上的凉鞋，提在手里，就像在健身房走平衡木一样。他踏过 M 先生的身体：步伐缓慢，目视前方，手臂张开，保持平衡。他先是一只脚踩在 M 先生右小腿上，另一只脚踏在他的左大腿上，慢慢踩到 M 先生的肝脏、左胸、右肩，最后是额头上。之后他穿上凉鞋，带着狗离开了。

M 先生站起身，戴上眼镜，理了理衣服。他快速清点了一下：这场践踏，对他来说有没有什么间接的好处呢？让他获得同情、怜悯、更多的关注、更少的责任？没有。因为 M 先生独来独往。过去没有，将来也不会有，就算有，也微乎其微。这场决斗并不符合他的规范：它很不公平，不正当，也很肮脏，他被玷污了。就算最暴力的决斗规范，也有一种骑士精神，而生活并非如此。他动身赴约，但明白，他已经不是之前的自己了。

1986 年 7 月 27 日

奥斯维辛：寂静的城市

在集中营里，说起来可能让人觉得奇怪，好奇是大家最常见的心理。大家除了惊恐、屈辱、绝望，还感到好奇：人们渴求面包，也渴望理解这一切。我们周围的世界颠倒了，肯定是有人让它颠倒的，因此这个人也是颠倒的：一个、一千个、一百万个反人类的人，生来就为了歪曲正义、玷污纯洁。这种简化并不妥当，但那时候，在那种地方，我们已经失去了思考复杂问题的能力。

我承认，对于这些恶人，并不局限于纳粹头目，我的好奇心始终没得到满足。市面上已经出版了上百本分析希特勒、希姆莱、戈培尔等人心理的书，我也读过十几本，但并不满意。可能问题在于，纪实性内容有一种本质的缺陷，几乎永远不能呈现一个人最深层的东西，要达到这一目的，剧作家或诗人要比历史学家和心理学家更合适。

然而，我的调查研究也不是徒劳无功。几年前，命运似乎带着挑衅的意味，阴错阳差，让我与"对方的一个人"有了交集。他当然不是个穷凶极恶的人，可能连名副其实的坏人都算不上，但无论如何，他是一个样本、一位证人。但他不情愿做这个证人，也许在他不愿意，或没有意识到的情况下，他已经成了证人。这些文字毋庸置疑是真实的，通过自己的行为作证的人，本身就很珍贵。

他几乎是另一个"我"，一个站在对立面的"我"。我们是同龄人，专业都差不多，可能性格也类似。他——莫滕斯，德国青年化学家、天主教徒；而我——意大利青年化学家、犹太人。我们有成为同事的可能：事实上，我们确实在同一家工厂工作过，但我被关在带刺的铁丝网里，而他在外面。当时，有四万人在奥斯维辛的布纳工厂工作，我们两个人也在其中，他是总工程师，而我是奴隶化学师，要说我们见过，这不大可能。不管怎么说，过去的事也没法验证了，而且我们之后从来没有见过面。

我们有一些共同的朋友，我是通过这些朋友的来信知道他的：有时世界真是小得可笑，两个来自不同国家的化学家，竟然可以通过一系列的熟人联系在一起。这些人利用四处得来的信息，编织出一张网，虽然不比面对面相见，但无论如何也好过对彼此全然不知。通过这种方式，我了解到，这位莫滕斯先生读过我写的关于集中营的书，他很可能也读了其他书，因为他既非犬儒，也不冷漠迟钝。他试图抹去自己过去的一段生活，但他相当文明，不想自我欺骗。他想要的不是谎言，而是遗忘和空白。

我第一次听到他的消息，要追溯到1941年的年末。那时候，所有还有能力思考，还能抵御洗脑的德国人，都在反思：日本人的势力扩张到了整个东南亚，德国人包围了列宁格勒，兵临莫斯科城下，但闪电战的阶段已经结束了，苏联并没有崩溃，相反，德国城市开始遭到空袭。这时候，没人能置身战争之外，每家每户至少有一名男子上了前线，士兵再也不能确保自己的家庭安然无恙。关起家门来进行战胜宣传，已经站不住脚了。

莫滕斯是名化学家，在一座大城市的橡胶厂里工作，公司领导建议他，或者说命令他去奥斯维辛的布纳工厂工作。如果接受这个建议，对他的事业有好处，可能在政治上也会有好处。那个地区很平静，远离前线，不会有轰炸，工作内容还是一样的，但薪水更可观，住宿也不用担心，许多波兰人的房子都空着……莫滕斯和他的同事讨论了这件事，大部分同事都不建议他去。谁也不会放弃现有的生活，去换取不确定的东西。此外，布纳厂坐落在一个沼泽地区，不利于健康。那里的历史也很周折，上西里西亚位于欧洲的角落，是统治者更换最频繁的地区之一，不同民族混杂在一起，经常彼此为敌。

但关于奥斯维辛这个地方，没人提出异议。当时，它还是个空洞的名字，没有引起任何反应，它和其他许多小城市都差不多，不过是波兰众多城市中的一座。德国占领后，它改了名字，由"Oświęcim"变成了"Auschwitz"（奥斯维辛）。似乎只要这么一改，在这里生活了几个世纪的波兰人就能变成德国人。

莫滕斯考虑到他已经订婚了，把家安在德国有轰炸的危险，不太保险。他请了假，去那地方看了看。他第一次实地考察时看到了什么，我们不得而知。我们只知道，他回来后就结了婚，和谁也没有细谈，就带着妻子家什去了奥斯维辛，在那里定居下来。那些朋友，就是写信告诉我这个故事的朋友，请他聊聊在那里的经历，但他什么也没说。

他再次出现在德国时，也没有说什么。那是 1943 年夏天，他休假回德国了（就算是在战时的纳粹德国，8月份人们也要休假）。那时局势已经变了，意大利法西斯全线战败，已经崩溃，盟军登陆了意大利半岛；对抗英国的空战失败了，德国没有任何一个角落，能免于盟军的残酷反攻；苏联不仅没有失败，在斯大林格勒，反而让德军遭受了最惨重的失败，正是希特勒亲自指挥了这场疯狂的行动。

人们对莫滕斯夫妇很好奇，但大家也很谨慎。即使有各种保密措施，这时奥斯维辛已不再是一个空洞的名字。有些消息已经流传开来，并不准确，但很可怕：那里和达豪集中营、布痕瓦尔德集中营一样，甚至可能比那些地方还糟糕。谈论这个地方可能会冒风险，但周围都是以前的好朋友，莫滕斯从那里回来，肯定知道些什么，要是他知道，肯定要讲一讲。

聚会上，大家都在聊当时沙龙的那些话题。女人们聊起疏散民众和黑市，男人们谈论自己的工作，有些人低声讲述最近反纳粹活动的新闻，莫滕斯却躲开了。旁边的房间有一架钢琴，他在那里弹琴喝酒，时不时回客厅里一趟，也只为了再斟满一杯。午夜时他喝醉了，但房子的主人没有放过他，硬是把他拽到桌边，直截了当地说："现在你坐在这儿。跟我们说说，那边到底发生什么事。为什么你要喝得醉醺醺的，却什么也不和我们说。"

莫滕斯感到很犹豫，醉意、谨慎、渴望坦白在他体内争斗。"奥斯维辛是个集中营，"他说，"不，是很多个集中营，其中一座和工厂相邻。那里有男人有女人，他们肮脏不堪、衣衫褴褛，不会说德语。他们干的是最累的活，我们不许和他们说话。""谁禁止你们和他们说话？""那里的领导。我们刚到时，他们告诉我们，这些人很危险，是强盗土匪、破坏分子。""那你从来没和他们说过话？"宴会的主人问。"没说过。"莫滕斯回答，说着又给自己倒了一杯酒。这时，年轻的莫滕斯夫人插话了："我遇到过一个女人，她在主任的房子里做清洁。她只和我说过'Frau，Brot'，'太太，面包'，但我……"当时莫滕斯肯定并没有完全醉，他粗暴地对妻子说了句"住口"，随即对其他人说："你们不能换个话题吗？"

至于莫滕斯在德国溃败后的所作所为，我了解得不多。我知道的是，就像当时在东欧的很多德国人，面对苏联人的进攻，他和妻子踏上了一条无尽的逃亡之路，路上满是冰雪、废墟、尸体。后来，他接着做自己的工作，做工厂里的技术人员，但他拒绝与外界接触，越来越把自己封闭起来。

战争结束后，很多年过去了，再也不会有盖世太保让他担惊受怕，他又说了一些话。这回向他提问的是位"专业人士"——赫尔曼·朗本，朗本曾经是奥斯维辛的囚犯，如今是一位著名的集中营历史学家。莫滕斯在回答具体问题时说，他接受建议搬到奥斯维辛，是为了不让纳粹分子取代自己的位置。他没有和囚犯说话，是因为害怕惩罚，但他总是尽量改善囚犯的工作环境。关于毒气室，那时他一无所知，因为他从来没向任何人打听过。"你没有想到，你的服从实际上助长了希特勒的专制统治吗？""想到了，现在想到了。但当时没有——我脑子里从来没有这个念头。"

我从来没尝试和莫滕斯见面，我克制住了自己，内心有些复杂，对他的反感只是其中一部分。几年前我给他写过一封信，说希特勒掌权之后，蹂躏了整个欧洲，导致了德国的毁灭。为什么许多善良的德国公民却像他一样，假装什么也没有看到，或者对看到的事实缄口不言？莫滕斯没有给我回信，几年后他去世了。

1984 年 3 月 8 日

集中营的"侦探故事"

1944 年 11 月，我们有一位劳动队头头，是个荷兰人，之前他在阿姆斯特丹的一家音乐咖啡厅里演奏，是乐队里的小号手。到了集中营，作为音乐家 [1]，他成了集中营乐队的一员。他是个很特别的劳动队头头，具有双重身份。囚犯排着队去干活时，他要在台子上吹小号，等队伍全都走过去，他要马上从台子上下来，把小号放好，追上队伍，回到自己的位置。他是个有些粗俗的男人，但不暴戾。他营养不错，因职位之便，条纹囚衣也总是干净整洁，他对此洋洋得意，显得有些愚蠢。我们这个小队总共七十多人，其中有四五个荷兰人，他对自己的荷兰"下属"总是特别关照。

　　临近新年时，那几个荷兰人为了感谢"头头"的照顾，也为了讨好他，决定为他准备一场庆祝活动。很显然，集中营里搞不到什么吃的，但有个之前从事书画刻印的荷兰人用水泥做了一张纸，两面都涂上亚麻油，弄得像羊皮纸一样。他还把这张纸的边缘经过加工，处理成毛边的，用从工地偷来的红丹（四氧化三铅）画上一圈希腊方形回文饰，再用漂亮的字体，写了一首表达祝贺的小诗。那首诗自然是用荷兰语写的，我不懂荷兰语，但我的记忆很神奇地记住了一些东

————
[1]　原文为德语，Musiker。

西，甚至还记得上面的几句诗。所有荷兰人都签了名字，签字的还有戈德鲍姆，但他不是荷兰人，而是奥地利人。这件事让我有点惊奇，但这个念头只是一闪而过，很快我就忘了这件事。因为几天之后，就发生了那些恐怖的事件，标志着集中营的瓦解。我也像其他人一样，受到新形势的冲击。

我在《元素周期表》里描写过一段相遇，提到过戈德鲍姆这个名字。命运喜欢捉弄人，让一件不太可能的事成了现实：二十年后，我通过书信联系上了一位德国化学家，正是当时我的"主管"之一。他充满负罪感，希望得到我的原谅或赦免。他为了证明自己对我们这些囚犯有过人道主义关怀，提到了一些集中营里的人和事，可能是他在那些相关的书（或者是我写的《这是不是个人》）里看到的。但他还问了我关于戈德鲍姆的情况，显然没有任何一本书提到过这个名字，这封信倒是关于他存在的细微但实在的证据。我了解的也不多，回复他说：戈德鲍姆死于从奥斯维辛到布痕瓦尔德那场可怕的步行转移。

几个月前，这个名字又重新浮现出来。《元素周期表》在英国出版后，有一家人，姑且叫他们"Z"吧，给我写了一封很复杂的信。这家人的原籍是布里斯托尔[①]，但家庭成员散布在世界各地，有的远至南非。他们家里有位叔叔，名叫格哈德·戈德鲍姆，在犹太人遭受迫害期间被带走了，不知道他去了哪儿，再也没有他的消息。戈德鲍姆是个很常见的姓氏，他们知道，发生这种巧合的可能性微乎其微。他们一家

---

① 英国西部的港口城市。

都非常想念这位叔叔，他的一位侄女想来都灵和我谈谈，想证实一下，我认识的戈德鲍姆，是不是就是他们家失踪的叔叔。

在回复这封信之前，我试图调动关于戈德鲍姆的所有记忆。我想起来的并不多：我们同属一个劳动队，有个响亮的名号——"化学家特派队"。但他不是化学家，我们也算不上朋友。但我隐约记得，和我一样，他也享受某种特权。那些人认可（实际上，到很晚才认可）我的化学家身份，也认可他有某种特别的技能。他的德语讲得很清楚，毫无疑问，他是个文化人，受过良好教育。我又读了之前那位德国化学家的信，发现了自己遗忘了的一条信息：他记忆中的戈德鲍姆是位研究声学的物理学家，他也像我一样通过了测试，后来被派到一个声学实验室工作。

这种情况，让我想起了一件巧合，我之前竟然把它给忘了。亚历山大·索尔仁尼琴[1]的《第一圈》[2]中，描述过一些特殊的专业集中营，尤其是这种：囚犯-工程师要研究一种分析仪，用来分析苏联的秘密警察"录制"的声音，目的是分辨窃听电话中的人声，战后苏联有很多这类集中营。当时是在 1945 年 4 月，集中营解散后，我受邀与一位非常和善的苏联官员谈话。这位官员想要了解：我是不是作为囚犯在化学实验室里工作？德国人给我们吃多少饭？如何监视我们？给

---

[1]　亚历山大·索尔仁尼琴（Aleksandr Isayevich Solzhenitsyn，1918—2008），俄罗斯作家，1970 年获诺贝尔文学奖。

[2]　意大利语原文为 *Primo cerchio*（原标题为 *В круге первом*），书名来自《神曲·地狱篇》，第一圈是九圈地狱最好的一层，指书中描写的政治犯特别收容所。

不给报酬？如何避免偷窃和怠工？因此，在我毫无察觉的情况下，我很可能参与了苏联的特殊监狱"萨拉斯基"（saraski）的建立，而戈德鲍姆的秘密工作，有可能正是索尔仁尼琴描写的那种。

我给"Z"一家回信，告诉他们，我4月份得去伦敦一趟，他们不必特意来意大利，我们可以在伦敦见。我到伦敦时，他们家来见我的一共有七个人，祖孙三代。他们把我团团围住，马上给我看戈德鲍姆大约在1939年拍的两张照片。我感觉有些恍惚，相隔快要半个世纪，那张脸一点都没变，与我记忆中的样子完全重合。在我自己都没意识到的情况下，那张面孔已经印在了我的记忆里。那段时间我记忆超常，简直有些病态，在回忆奥斯维辛时，我觉得自己就像伊雷内奥·富内斯 ① 一样。他是博尔赫斯笔下"记忆力超凡的人"，连树上的每片叶子都过目不忘，"他一个人的记忆，比从创世之始起全人类的所有记忆还要丰富"。

我对他们的代表——那位侄女说：就是他，不需要其他证据了。但他们对我施加的压力并没有减弱，而是更急迫了。我本来还要和其他人说话，但那一大家人像白细胞围住细菌一样，把我紧紧包围，挤在我身边。我这么说，并不是夸张，他们的问题和各种信息像狂风暴雨一样朝我袭来。那些问题我不知道怎么回答，只能答上来一个：不，戈德鲍姆肯定没怎么挨饿，我一眼就从照片上认出了他，这就是证明。在我的记忆中，他并没有任何忍饥挨饿的痕迹，我对那些挨过饿

---

① 博尔赫斯短篇小说《博闻强记的富内斯》中的主角，在一次骑马事故后，富内斯发现他几乎可以记住所有事情。

的人的样子很熟悉。我认为，直到他生命的最后时刻，他的特殊工作一直都让他免于饥饿。

至于他为什么要和那些荷兰人在一起，谜底也在这里解开了。这是进一步确认的事：他侄女告诉我，在奥地利被吞并①的时候，戈德鲍姆逃到了荷兰。当时他已经会说荷兰语了，纳粹入侵荷兰前，他在飞利浦公司工作。他参加了荷兰抵抗运动，就像我一样，作为游击队员被逮捕，后来又被认定为犹太人。

突然来了"维持秩序"的人，花了好大工夫，才把热情又吵闹的一家人驱散。在离开之前，那位侄女递给我一个包裹，里面是一条羊毛围巾。我今年冬天会戴上它，现在我把它放在了抽屉里。我感觉它像一件来自天外之物，就像月尘，或是招魂者吹嘘的"从另一个世界带来的物品"。

1986 年 8 月 10 日

---

① 1938 年，纳粹德国武装占领并吞并了奥地利。

无辜死者之歌

坐下来谈谈吧

你们这些银发的狐狸

请你们畅所欲言。

我们会把你们关进奢华的大楼

有美食美酒、柔软的床铺、温暖的炉火

好让你们安心交谈，反复协商

我们的子孙和你们的生活。

愿天地万物的智慧汇聚于

你们的头脑

引领你们走出迷宫。

在严寒的户外

我们等着你们

我们是无辜死者组成的队伍，

来自马恩河 ① 和卡西诺山 ②

来自特雷布林卡 ③，德累斯顿 ④ 和广岛 ⑤。

---

① 一战期间有两次马恩河战役，第一次马恩河战役（1914 年 9 月 5 日至 12 日），
英法联军击退了德意志帝国军，约十五万人伤亡；第二次马恩河战役（1918
年 7 月 15 日至 8 月 6 日），协约国军队战胜德国，约二十七万人伤亡。

② 卡西诺山战役，指 1944 年 1 月至 5 月盟军为攻占罗马在意大利卡西诺山发动
的四场战役，代价高昂，盟军五万五千人伤亡，德军约两万人伤亡。

③ 特雷布林卡集中营，纳粹德国修建的灭绝营之一，位于波兰东北部，杀害了
八万多名犹太人。

④ 德累斯顿轰炸（1945 年 2 月 13 日至 2 月 15 日），二战期间由英国和美国空军对
德国东部城市德累斯顿联合发动的大规模空袭行动，遇难者约两万五千人。

⑤ 1945 年 8 月 6 日，日本广岛受到原子弹轰炸，二十万多人死伤。

和我们一起的

还有麻风病和沙眼的病人，

布宜诺斯艾利斯的失踪者 ①，

柬埔寨的逝者 ②，埃塞俄比亚垂死的人 ③，

布拉格协定的人 ④

加尔各答流血的人 ⑤

博洛尼亚无辜的受难者 ⑥。

要是你们出来时还意见不一

那我们会把你们紧紧包围。

我们不可战胜，因为我们已经失败。

我们坚不可摧，因为我们已经失去生命。

你们的导弹只能让我们冷笑。

请你们坐下来协商吧

直到口干舌燥。

如果伤害和屈辱持续下去

我们会用腐烂的肉身淹没你们。

载于《新闻报》，1985 年 2 月 27 日，第 3 页

---

① 1977 年阿根廷发生军事政变，1976 年至 1983 年阿根廷军政府独裁时期，政府
严禁政治活动，打压政党，清除异己，大约有近三万人被军政府强迫"失踪"。
② 1975 年至 1979 年，柬埔寨约二百万人民被屠杀。
③ 1974 年 9 月 12 日埃塞俄比亚爆发内战。
④ 1968 年 8 月 20 日，苏联以飞机故障为由，将伪装的军用飞机降落在布拉格机
场，进而占领了捷克斯洛伐克，镇压"布拉格之春"。
⑤ 1946 年 8 月 16 日加尔各答因教派冲突爆发大屠杀。
⑥ 1980 年 8 月 2 日意大利博洛尼亚火车站发生恐怖袭击事件，是当时欧洲自二
战后发生的最惨烈的一起恐怖爆炸事件。

参考书目

以下为本书所选文章的基本信息。

《棕色的队列》，1980 年 8 月 21 日发表于《新闻报》；后收录于《不定的时刻》，米兰伽桑蒂出版社，1984 年；现收录于《莱维全集》第二卷，埃依瑙迪出版社，2016 年，由马可·贝波里蒂汇编，718 页。

《卡帕纽斯》，发表于《桥梁》月刊第 15 期（1959 年 11 月），11 页。

《天使蝴蝶》，发表于《世界》杂志第 14 期（1962 年 8 月 14 日），33 页；后收录于《自然故事》，都灵埃依瑙迪出版社，1966 年，以达米阿诺·马拉拜拉的笔名发表（自 1979 年重印时起，署名改为普里莫·莱维）；现收录于《莱维全集》第一卷，埃依瑙迪出版社，2016 年，马可·贝波里蒂汇编，515—523 页。

《反向胺》，1965 年 8 月 8 日发表于《日报》，后收录于《自然故事》；现收录于《莱维全集》第一卷，555—565 页。

《冰箱里的睡美人》，选自《自然故事》，现收录于《莱维全集》第一卷，567—582 页。

《铈》，选自《元素周期表》，埃依瑙迪出版社，都灵，

1975 年；现收录于《莱维全集》第一卷，962—967 页。

《钒》，选自《元素周期表》；现收录于《莱维全集》第一卷，1016—1025 页。

《犹太人的王》，1977 年 11 月 20 日发表于《新闻报》；后收录于《莉莉丝与其他故事》，都灵埃依瑙迪出版社，1981 年；现收录于《莱维全集》第二卷，292—297 页。

《不可抗力》，1986 年 7 月 27 日发表于《新闻报》；后收录于《故事与散文》，都灵新闻报出版社，1986 年；现收录于《莱维全集》第二卷，1065—1067 页。

《奥斯维辛：寂静的城市》，1984 年 3 月 8 日发表于《新闻报》；后收录于《故事与散文》；现收录于《莱维全集》第二卷，1036—1039 页。

《集中营的"侦探故事"》，1986 年 8 月 10 日发表于《新闻报》；后收录于《故事与散文》；现收录于《莱维全集》第二卷，1068—1070 页。

《无辜死者之歌》1985 年 2 月 27 日发表于《新闻报》；现收录于《莱维全集》第二卷，781 页。